W0206367

HERESIX

Né en 1971 à Neuchâtel en Suisse, Nicolas Feuz a étudié le droit, obtenu le brevet d'avocat et exercé comme juge d'instruction. Aujourd'hui procureur de la République, il s'est lancé dans l'écriture de romans noirs en 2010.

Paru au Livre de Poche :

L'Engrenage du mal

Horrora Borealis

Le Miroir des âmes

L'Ombre du Renard

NICOLAS FEUZ

Heresix

SLATKINE & CIE

© Slatkine & Cie, 2021.
ISBN : 978-2-253-19533-7 – 1re publication LGF

« La haine est aveugle, la colère étourdie, et celui qui se verse la vengeance risque de boire un breuvage amer. »

Alexandre DUMAS,
Le Comte de Monte-Cristo

Prologue

Ils étaient six dans la nuit occitane. Six comme le chiffre de la Bête, le chiffre du Diable, le chiffre du Mal.

Ils étaient six, infâmes, nus comme des vers, errant d'un pas hésitant et chancelant sur un chemin abrité d'arbres, comme des zombies en file indienne. Chacun tenait fébrilement l'épaule de celui qui le précédait. Leurs pieds nus foulaient l'asphalte encore tiède de la journée caniculaire. La pleine lune peinait à diffuser son éclat à travers le tunnel de verdure.

Ils souffraient en silence, ils ne se plaignaient plus. Leurs lamentations reviendraient, elles s'étaient suspendues le temps d'atteindre le but qu'elle leur avait désigné pour le salut de leur âme corrompue.

— Où sommes-nous ? demanda le deuxième homme de l'étrange procession en plantant nerveusement ses ongles dans l'épaule du précédent, qui s'arrêta.

Chacun des cinq autres fit de même, veillant à ne pas lâcher le compagnon d'infortune qui se trouvait devant lui. Les cigales s'étaient tues depuis longtemps, mais le silence de la nuit était rompu : de l'eau s'écoulait en continu, une rivière, une chute ou des rapides.

— Nous sommes au bord de l'Hérault, répondit le guide.

Sur leur droite, on distinguait les trois dernières arches du pont de Saint-Thibéry. Deux mille ans de crues avaient eu raison du pont qui reliait Rome à l'Espagne et qu'Hannibal aurait franchi avec ses éléphants. En amont du fleuve, un moulin à blé immémorial dessinait une ombre inquiétante entre l'eau et la forêt.

— Courage, reprit le guide. Je reconnais les lieux. Ce n'est pas le moment de flancher, le village n'est plus très loin. Elle nous a promis que nous trouverions de l'aide dans l'église.

La touffeur n'était pas retombée et pourtant il était vingt-deux heures tapantes lorsque les cloches de la tour Renaissance commencèrent à sonner le glas. En entendant la première volée, la petite foule en uniforme quitta la place Saint-Sauveur pour se diriger pesamment vers l'abbatiale. À l'écart de leurs collègues, un policier consolait une gendarme en pleurs. L'ambiance était aussi lourde que la chaleur, on enterrait l'une des leurs.

L'église de Saint-Thibéry présentait la particularité de n'avoir jamais été achevée faute d'argent. On n'avait pas même commencé la nef. Sur les plans, au XVIe, la tour de l'abbatiale devait être le clocher. Au pied du campanile éclairé, on devinait l'amorce d'un portail par lequel le policier et la gendarme quittèrent discrètement la place, pour disparaître dans les ruelles du village. Tous les autres s'amassèrent dans le chœur et le transept, où les places assises étaient rares. Ceux qui n'en avaient pas trouvé se campaient debout, le regard sombre, dans leur uniforme d'apparat. Les larmes, la colère et l'incompréhension marquaient les visages.

Le curé, le père Barthès, était venu de Florensac, le village voisin, à main gauche en direction d'Agde. Il se partageait entre les deux paroisses. Quand l'église fut pleine et silencieuse, il toisa la foule et prit la parole brusquement. Comme chaque fois qu'il était à *Sant Tibèri*, il souhaita la bienvenue à sa manière, en racontant l'église, « ces murs, dont la légende assure qu'ils renferment le trésor des Templiers. Ou celui des cathares, qui l'auraient mis en sécurité après la chute de Montségur ».

Les nuques bien nettes des gendarmes dodelinaient patiemment. Le père Barthès y lut un assentiment et rappela l'histoire du romain Tiberius, le fils du gouverneur d'Agde, converti à la religion chrétienne, et persécuté puis mis à mort sous Dioclétien dans un petit bois au bord de l'Hérault devenu une étape des pèlerins de Saint-Jacques-de-Compostelle. Après sa mort, précisa le prêtre, on avait attribué à Tibère des pouvoirs miraculeux, dont celui de guérir les malades mentaux.

Sans transition, ayant posé le contexte, le père Barthès décida de commencer à parler de la victime. Il n'avait pas même prononcé son prénom qu'on entendit de lointains hurlements.

Il y a peu de monde, d'ordinaire, à ces heures, dans les rues de Saint-Thibéry. Le village est calme, trop éloigné de l'effervescence des stations balnéaires pour intéresser les touristes. Sur la place du Marché, l'unique bar attire une pincée de Saint-Thibériens, et jamais à ces heures.

Les hurlements se rapprochaient de l'abbatiale. Les

gendarmes et les policiers se regardèrent. Certains se levèrent et se dirigèrent vers la sortie. Ils furent stoppés dans leur élan par les deux pans du portail qui s'ouvraient.

Six hommes pénétrèrent l'un derrière l'autre dans le lieu saint. Dans l'église bondée, il y eut un sourd grondement, une rumeur et même un cri d'effroi.

— Aidez-nous, par pitié ! supplia le premier de la procession en tombant à genoux, les bras en croix.

Les larmes coulaient de son unique œil valide, l'autre n'existait plus : il n'y avait qu'une orbite vide et une plaie béante. Des coulures de sang séché souillaient la partie gauche de son visage.

Avec son unique œil grand ouvert, il était nu. Les cinq autres l'étaient aussi, mais ils avaient eu moins de chance que lui, on leur avait crevé les deux yeux. Tous les six avaient le nez tranché au ras du visage. Et tous les six portaient sur la poitrine les mêmes lettres de sang, gravées au couteau dans la chair à vif : HERESIX.

Tuez-les tous

1

Elle était fine et musclée, un corps athlétique, le physique d'une coureuse de fond, petits seins et hanches étroites. Ses faux ongles se plantaient dans la chair du type qu'elle chevauchait sensuellement. La longue chevelure blonde dansait, au rythme des mouvements. Le bassin ondulait, d'avant en arrière, décrivait des cercles, montait, descendait.

Serge Valadié se raidit, émit un râle. Elle s'écarta en évitant de croiser son regard. Il s'essuya longuement dans les draps.

— Comment tu m'as dit que tu t'appelais, déjà ?

— Sandy.

— Faudra changer de pseudo si tu veux bosser pour nous, ma belle. Des Sandy, il y en a déjà trop sur le marché. C'est ringard.

Elle se leva et se dirigea vers le hublot de la péniche. Valadié lorgna son cul, beaucoup trop plat à son goût, les clients n'aimeraient pas non plus.

— Tu sais te servir de ta chatte et de ta bouche, c'est déjà pas mal, commenta-t-il en poète. Mais il y a quelques retouches à faire. Tu connais un bon chiro ?

Elle sourit tristement sans se retourner. Derrière la petite vitre ronde, elle ne regardait pas Béziers sur sa colline. On disait que la ville était, avant Marseille, la plus vieille cité de France. Eux parlaient du plus vieux métier du monde.

— C'est toi qui paieras ? demanda-t-elle.

— Eh, quoi encore ! On veut bien avancer le fric pour te refaire une beauté, mais ça reste ton cul et tes seins. Tu nous rembourseras avec l'argent des premières passes. Et sans intérêts, je suis bon prince !

Valadié se leva péniblement, traîna sa panse jusqu'à une table, sortit de l'argent du tiroir et balança cinquante euros aux pieds de Sandy. Elle regarda le billet orange sur la moquette sale, mais ne s'abaissa pas à le ramasser.

— C'est tout ?

— Un acompte, ma belle. Tu ne m'as pas encore tout offert de toi.

— Je t'ai dit non.

— Non ?

Il éclata d'un rire mesquin, s'approcha d'elle et glissa une main entre ses fesses. Elle se crispa, il le sentit.

— Non ? répéta-t-il comme s'il attendait qu'elle change d'avis. C'est un mot qui n'existe pas dans le langage du Toulousain, tu le comprendras très vite. Dis-toi que tu as de la chance qu'il m'ait délégué ton entretien d'embauche. Avec lui, ton joli petit trou de balle ressemblerait déjà à un chou-fleur. Et certains clients ne sont pas plus tendres que lui, il faudra que tu apprennes à te détendre. Ils paient pour une prestation et ils attendent d'en avoir pour leur argent. Une pute qui n'accepte pas la sodomie, c'est comme un restaurant étoilé qui refuse de servir un premier cru. Ça n'existe pas.

Elle sentait le ventre moite de Valadié dans le creux de ses reins et le début d'une érection. Il tenait la forme, le salaud !

Sandy n'avait plus vingt ans, il était difficile de lui donner un âge. Mais le type aurait largement pu être son père. Elle eut un haut-le-cœur.

Tandis que les doigts boudinés du proxénète la fouillaient sans ménagement, elle fixa entre ses larmes une famille de canards dans les eaux sombres du canal du Midi, près de la berge opposée. La péniche était amarrée à proximité du pont-canal, moins d'un kilomètre à l'est des neuf écluses de Fonseranes. La cathédrale Saint-Nazaire dominait l'Orb, illuminée et majestueuse sur son promontoire rocheux.

— Regarde ! dit Sandy.

Au fond du hublot, au-dessus d'un halo orangé, une épaisse colonne de fumée s'élevait dans la nuit, à droite de la cathédrale.

Intrigué, Valadié suspendit ses attouchements.

— Nom de Dieu, qu'est-ce que c'est ?

— Un bûcher de l'Inquisition. Le bûcher des vanités. Votre bûcher, à toi et à ton associé.

Il n'avait écouté la réponse qu'à moitié, sans chercher à comprendre le sens, obnubilé par l'incendie qui prenait de l'ampleur. Il écarta Sandy pour s'approcher de la vitre. Et en se déhanchant pour mieux voir le spectacle qui irradiait le centre-ville, il entendit la dernière phrase de la prostituée novice se frayer un chemin vers son cerveau.

Il se tourna pour lui demander une explication.

La main de Sandy fondit sur sa gorge. Les électrodes du taser touchèrent la peau de son cou. Une décharge de deux milliampères pour cinquante mille volts l'expédia dans un trou noir.

2

À 5 h 59, le radioréveil s'enclencha sur la fin d'une chanson du groupe Aliose, suivie du générique des infos. France Bleu Hérault annonçait l'arrivée du Premier ministre à Montpellier. Au sommaire de Météo-France, le maintien en vigilance rouge canicule, de violents orages étaient à prévoir dans la soirée sur l'arrière-pays.

La nouvelle la plus importante était d'évidence l'incendie qui continuait de ravager le centre-ville de Béziers. L'envoyé spécial venait d'arriver sur les lieux :

« Les sapeurs-pompiers sont intervenus au milieu de la nuit sur les allées Paul-Riquet. Actuellement, l'incendie n'est pas encore circonscrit, on peut voir des flammes s'échapper de la toiture de trois immeubles contigus, voisins des Galeries Lafayette et du théâtre municipal. Plusieurs victimes seraient à déplorer, mais aucun bilan n'a été communiqué pour le moment. Le feu a pris à La Pairòla, un établissement nocturne à la réputation sulfureuse connu pour ses soirées échangistes. Les causes de l'incendie demeurent indéterminées, la police n'a pas encore reçu l'autorisation de pénétrer dans les lieux et se refuse pour l'heure à tout commentaire. Mais des voix s'élèvent déjà dans le quartier pour dénoncer un acte criminel… »

Le bras de Dominique Roustan s'abattit lourdement sur la table de nuit, ses doigts cherchèrent le radio-réveil, son index trouva le bouton *snooze*. Le capitaine du SRPJ de Montpellier avait décidé de s'accorder dix minutes de sommeil supplémentaires, mais son cerveau s'était remis à turbiner comme un mixeur. La lettre anonyme qu'il avait reçue la veille l'annonçait : la guerre était déclarée, l'incendie de La Pairòla n'était que le premier acte.

Il se leva, emballa son corps nu dans le drap et marcha jusqu'à la fenêtre de sa chambre. Il tituba, maudit les derniers verres de la nuit, ceux de trop. Deux Doliprane 1000, un verre d'eau tiède et trois gouttes de jus de citron feraient l'affaire, il avait l'habitude. Il ouvrit les volets, l'aube avait pris ses quartiers sur la place de la Comédie, le soleil suivrait bientôt. Il faisait déjà chaud. Les températures dépassaient largement les moyennes saisonnières, même pour un mois d'août.

Autour de l'« œuf » dominé par la fontaine des Trois Grâces, la vie reprenait son cours, les trams emmenaient les Montpelliérains à leur travail. La plupart des cafés et des commerces étaient encore fermés, les touristes envahiraient la place plus tard dans la matinée. Roustan jeta un coup d'œil à l'Opéra-Comédie, déjà détruit par deux incendies en 1785 et 1881, et chaque fois reconstruit à l'identique. Quelle que soit l'ampleur des dégâts et des pertes humaines, Béziers se relèverait de la tragédie.

À l'aube de ses quarante ans, Roustan était encore célibataire, il n'avait jamais trouvé chaussure à son pied. La vie qu'il avait menée jusque-là, sa maladie et sa carrière dans la police n'étaient pas propices à la stabilité affective. Sans compter que Roustan n'aurait jamais d'enfants, c'était son choix. Il avait fait le nécessaire pour s'en assurer. Une douleur à l'entrejambe lui rappela que la blessure était en voie de cicatrisation, de petites incisions externes pour de grandes conséquences internes. Son médecin avait été formel : pas d'alcool avant ni après l'opération.

Il enfila un peignoir et se livra à son rituel du matin, ramassa l'édition quotidienne du *Midi libre* sur le paillasson de la porte palière, passa à la salle de bains, rinça son visage sous l'eau froide et maudit son image trop lisse dans le miroir. Roustan n'avait plus de pilosité. Peu après sa majorité, il avait développé une alopécie universelle. En moins de six mois, il était passé du stade un au stade quatre de la maladie, de la perte partielle des cheveux, quelques plaques sur le crâne, à une calvitie totale. Plus aucun cheveu, ni sourcil, ni cil, ni poil sur l'ensemble du corps. Depuis vingt ans, aucun traitement ne s'était révélé efficace. Bon gré mal gré, il avait fini par l'accepter.

Roustan gagna la cuisine, avala son cocktail contre la gueule de bois, se tira un café et lut le journal. Il n'apprit rien de plus sur l'incendie de La Pairòla. Béziers brûlait encore au moment où le papier était sorti des rotatives. Le site Internet du *Midi libre* ne le renseigna pas davantage.

De toute façon, Roustan en savait déjà beaucoup

sur le Toulousain et Valadié, son associé, sur leurs hommes, leurs établissements et leurs magouilles, et il en apprendrait encore grâce aux écoutes téléphoniques et aux micros que le juge d'instruction venait d'ordonner de poser dans la résidence du truand à Saint-Guilhem-le-Désert.

La rumeur prétendait que le Toulousain était craint et respecté dans le milieu grâce aux dossiers qu'il avait réunis sur nombre de notables héraultais. On disait qu'il les faisait chanter et que c'était la raison pour laquelle il n'était jamais tombé. Plus d'un flic s'était déjà cassé les dents sur le cas de ce truand sexagénaire qui tenait la ville sous sa coupe. Roustan, lui, n'avait rien à perdre, si ce n'est la vie.

Il avait ramé de longs mois pour convaincre le procureur de la République de saisir un juge d'instruction. Et presque autant pour persuader le juge d'instruction d'ordonner des mesures techniques de surveillance. À chaque rapport de police, le magistrat hésitait et finissait par refuser en demandant des compléments d'enquête.

Jusqu'à la lettre.

La lettre était anonyme, sans ADN ni trace exploitable. Elle annonçait une *croisade* contre le Toulousain et son empire. Le style était chargé de menaces et de folie, comparant la criminalité d'aujourd'hui au mal absolu qu'était au Moyen Âge le catharisme pour l'Église. La lettre brandissait l'Inquisition contre l'hérésie. Le mystérieux correspondant n'avait reculé devant aucune invective. Il se présentait comme un chevalier moderne qui détruirait la corruption et se comparait à Simon de Montfort, le chef de la croisade contre les Albigeois.

La lettre anonyme était suffisamment documentée pour convaincre le magistrat du sérieux de la menace. Il avait pris l'avis d'un psychiatre assermenté. Et pour mieux cerner la personnalité de l'auteur du courrier, ses réelles motivations, le juge d'instruction avait décidé de recourir à un expert pour assister Roustan. Il avait désigné Bernadette Lafargue, professeure d'histoire à l'université de Montpellier et spécialiste du catharisme.

3

Bernadette Lafargue dominait de sa prestance l'auditoire de l'université Paul-Valéry. Les étudiants étaient suspendus à ses lèvres et prenaient des notes.

— Contrairement aux idées reçues qu'a installées le catholicisme, commença-t-elle, le catharisme n'a rien d'une secte satanique aux croyances occultes, aux pratiques dépravées et aux trésors cachés. Oubliez toutes les fictions que vous avez pu lire ou voir. Comme le luthéranisme quatre siècles plus tard, ou comme aujourd'hui l'école protestante des *purs*, dont on trouve encore des communautés vivaces au Chambon-sur-Lignon, le catharisme est une approche renouvelée de la religion chrétienne, l'amorce d'un long courant réformateur destiné à répondre à l'inertie et à l'intransigeance papistes. Un cathare, étymologiquement, c'est un « pur ». Celui qui s'est débarrassé des oripeaux du rite romain pour revenir à un christianisme des origines. Lorsque le mouvement prend corps, dans la seconde moitié du XIIe siècle, l'Europe vit une époque de paix sans précédent depuis les dernières invasions barbares. L'absence de guerre a provoqué une double expansion : démographique et économique. Les populations ne sont plus obligées de fuir l'ennemi et se sédentarisent, l'agriculture se développe, on invente de nouvelles techniques comme le moulin à eau. Partout, dans ce monde où l'itinérance était devenue un mode de vie, les populations se fixent sur de nouveaux espaces, des villes naissent autour des nouvelles zones d'échanges commerciaux…

Bernadette Lafargue marqua une pause. Elle passa une main dans ses longs cheveux gris-blond et, avisant les premiers rangs courbés sur leurs copies, elle osa en souriant un parallèle aussi audacieux qu'anachronique.

— Pour résumer, dit-elle, cette période de développement a connu une forme de capitalisme, de mondialisation avant l'heure, ce qui a naturellement amené son lot de résistances, de réactions et déjà d'adeptes de la décroissance. Contre l'expansion économique, on prêche le retour aux valeurs évangéliques, la pauvreté, le renoncement. Et comme l'Église n'est plus capable de les porter, les *purs* se tournent vers des prédicateurs novateurs et laïcs. Rome mettra des décennies à prendre conscience du danger que représente cette contre-Église languedocienne, qui gagne l'Europe tout entière.

Bernadette Lafargue dirigea son pointeur laser vers la carte de la France affichée à l'écran derrière elle et dessina un cercle imaginaire autour de l'Occitanie.

— Au milieu du XIIe siècle, la région est dominée par deux familles, les Toulouse et les Trencavel. Les deux maisons ont aux yeux de Rome la fâcheuse tendance de soutenir le catharisme. L'Église catholique s'emploie donc, au concile de Lombers, en 1165, à faire condamner les cathares pour hérésie par l'ensemble des évêques et abbés de l'Occitanie : Albi, Toulouse, Narbonne, Nîmes, Castres, Gaillac, Lodève et Agde. Dès son élection au pontificat en 1198, Innocent III invoque une croisade contre ce qu'on appelle alors l'« hérésie albigeoise ». Le pape écrit même au roi de France pour lui donner le mode d'emploi : « Confisquez les biens des comtes, des barons et des citoyens qui ne voudraient pas éliminer l'hérésie de leurs terres, ou qui oseraient l'entretenir. Ne tardez pas à rattacher leur pays tout entier au domaine royal. » Mais Philippe Auguste est réticent. Ses armées sont déjà engagées contre les Anglais et contre l'empereur germanique Otton IV.

Bernadette Lafargue fit apparaître sur l'écran la reproduction d'un tableau ancien qui représentait un homme d'Église.

— Vous le reconnaissez ? Il s'agit de Pierre de Castelnau. Innocent III l'a délégué auprès de la noblesse et du haut clergé languedociens. Moine cistercien de l'abbaye de Fontfroide, archidiacre de Maguelone, il est chargé de prendre des mesures contre les cathares. Le 15 janvier 1208, au lever du jour, dans une brume glaciale, il quitte Saint-Gilles, dans le Gard, en compagnie de Rainier de Cîteaux, son fidèle compagnon de voyage. Depuis cinq ans, les deux moines parcourent le Midi à pied, observent la pauvreté et tentent en vain d'annoncer l'Évangile à la manière des apôtres. La veille, Castelnau a été convoqué par le comte Raymond VI de Toulouse dans sa résidence de Saint-Gilles. La rencontre a été houleuse. Le légat prive le comte des sacrements de l'Église, et il est en retour publiquement menacé de mort, ainsi que Rainier. Au matin du 15 janvier, les deux moines partent sans escorte, ils attendent un bateau pour l'Italie à Trinquetaille, en face d'Arles, sur les terres de Raymond VI. Pierre de Castelnau est assassiné. Cette mort va sceller le destin des cathares d'Occitanie. Le lendemain, Rainier raconte l'agression à son supérieur, Arnaud Amaury, le chef de l'ordre cistercien, qui lui-même rapporte ses propos au pape. Le meurtrier de Pierre de Castelnau serait un écuyer de Raymond VI, venu de Beaucaire. La vérité est probablement différente, mais elle n'intéresse désormais plus personne. Le roi a accepté le principe de la croisade contre le comte de Toulouse. Forte de vingt mille hommes, la grande armée descendit la vallée du Rhône et finit par rallier à sa cause le comte de Toulouse, qui se rendit de justesse. Terrifié par la concrétisation de la menace, Raymond VI accepta de s'humilier publiquement à Saint-Gilles pour faire amende honorable, en confessant artificiellement l'assassinat de Pierre de Castelnau. Privés de leur cible principale, les croisés fondirent sur les fiefs de Raimond-Roger Trencavel, vicomte de Carcassonne, d'Albi et de Béziers. Et Béziers fut la première à subir les foudres de Dieu !

4

— Trouvez qui a fait ça à Béziers !

Le Toulousain fulminait dans le grand salon de sa résidence de Saint-Guilhem-le-Désert. Il tournait en rond, trimbalant sa carcasse bedonnante d'un fauteuil à l'autre, s'arrêtant devant chacun de ses lieutenants et les fixant de ses yeux noirs. L'un après l'autre, ils baissaient le regard, aussi confus que meurtris de ne pouvoir lui fournir une réponse. Ils savaient, quand le patron était hors de lui, qu'il pouvait à tout instant perdre le contrôle. D'autres avant eux n'étaient plus de ce monde pour en témoigner. Le Toulousain s'arrêta devant le fauteuil vide de son associé.

— Où est Serge ? aboya-t-il.

Un courageux rompit le silence après quelques secondes.

— Je l'ai vu quitter La Pairòla hier soir avec une nouvelle. Il a dû l'emmener à la péniche.

— Ça n'excuse pas son retard.

Maugréant dans sa barbe poivre et sel de trois jours, le Toulousain fit quelques pas et se planta devant la grande baie vitrée, tournant le dos à ses hommes. Les vieilles pierres de la luxueuse villa conservaient la fraîcheur à l'intérieur, le soleil matinal brûlait déjà la terrasse et le jardin.

Le Toulousain pouvait se vanter d'habiter la plus belle maison du plus beau village de France. Saint-Guilhem-le-Désert est enchâssé dans une petite vallée, aux confins du Massif central. On y arrive par le pont du Diable et les gorges de l'Hérault. La petite cité médiévale suit la déclivité du terrain le long du Verdus, un ruisseau qui prend sa source dans le cirque du Bout du Monde. Des montagnes escarpées encerclent le village et, au premier coup d'œil, on comprend pourquoi les habitants de Saint-Guilhem sont nommés les *Sauta Ròcs*, les Saute-Rochers. Le tout est dominé depuis un pic rocheux par le château du Géant, ainsi nommé depuis qu'un géant et une pie ont pris possession des ruines et terrorisent les habitants. On dit du château qu'il fut au siècle dernier le refuge de braconniers, dont la police vint difficilement à bout.

La villa du Toulousain était en amont du village, là où les touristes ne vont jamais. Elle se fondait parfaitement dans le paysage et respectait l'architecture du site, même si, pour quelques commodités, le propriétaire des lieux avait dû graisser certaines pattes. Il avait pu se l'offrir à la sueur des filles qu'il exploitait depuis de nombreuses années. Le commerce du sexe était florissant dans l'Hérault, tout spécialement en haute saison dans les stations balnéaires, le Cap-d'Agde en tête. Le Toulousain avait imposé un quasi-monopole sur cette activité et ceux qui se risquaient à le concurrencer sur son territoire disparaissaient sans laisser de trace.

— Nardi m'a dit hier soir qu'une de ses filles aurait reçu une proposition intéressante de ceux de Montpellier.

Nardi était le diminutif de Bernard Monge, le gérant de La Pairòla, donné pour victime de l'incendie. Le Toulousain se tourna vers son lieutenant.

— Il a précisé de quelle équipe ?

— Celle de Michel.

Michel Fourneyron était l'ancien associé du Toulousain. Ils s'étaient quittés froidement une vingtaine d'années auparavant, à la suite de la disparition d'une adolescente de la région. Depuis, ils se toléraient, tant et aussi longtemps que chacun respectait le territoire de l'autre.

— Michel n'est pas fou. Il sait que tout ce qui est à l'ouest de Montpellier est à moi. Son territoire du bord de mer s'arrête à Frontignan. S'il a des envies d'expansion, il n'a qu'à se tourner vers l'est et la Camargue.

— Il risquerait une guerre ouverte avec ceux d'Arles et de Nîmes.

Le Toulousain fusilla son homme du regard.

— Ce n'est pas mon problème. Je doute sérieusement que Michel me considère comme moins dangereux qu'eux. Ou alors, il a complètement perdu la tête. Es-tu sûr d'avoir bien compris ?

— J'interrogerai la fille, pour autant qu'elle n'ait pas péri dans les flammes elle aussi.

— Je m'en fous. Fais-lui cracher le morceau.

Il regarda ses lieutenants les uns après les autres.

— Et interrogez aussi toutes les autres greluches. Quartier libre quant à la méthode, je veux savoir qui me chie dans les bottes ! Et si les soupçons se confirment, collez aux basques de ce connard de Fourneyron, ne le lâchez pas d'une semelle, observez ses habitudes et, à la première occasion, amenez-le-moi !

Depuis son bureau du SRPJ de Montpellier, Roustan n'avait rien perdu de la conversation. Le nom de Fourneyron était de nouveau sur l'échiquier, et ce n'était pas pour lui déplaire. Pas plus que la perspective d'une bonne petite guerre des gangs. Un grand coup de pied dans la fourmilière des acteurs du sexe tarifé, de la drogue, de la corruption et du blanchiment d'argent de l'Hérault.

— Ça va comme tu veux, Dom ? demanda à Roustan un collègue qui s'apprêtait à quitter les locaux avec un sac de sport.

Roustan se laissa aller en arrière sur sa chaise, posa ses mains sur sa nuque et lui sourit.

— On ne peut mieux.

— Tu viens courir avec nous ?

— Pas aujourd'hui.

Son collègue lui sourit en retour.

— Tu nous sers la même réponse depuis ton arrivée ici.

Deux ans déjà.

— Tu devrais faire un peu de sport, tu sais. Ça aère l'esprit et je te jure que les dossiers semblent plus légers l'après-midi.

— Je n'en doute pas, répondit Roustan. Mais aujourd'hui j'ai une bonne excuse, je me suis fait charcuter les…

Il allait dire « roustons », mauvais jeu de mots que son nom de famille lui valait depuis ses premières années d'école.

— Enfin, je ne vais pas te faire un dessin, conclut-il.

— Je vois... Une prochaine fois, alors.

— C'est ça, une prochaine fois. Salut.

Roustan le regarda s'éloigner. Le sport n'était pas son fort et il ne tenait pas plus que ça à voir ses collègues sous la douche. À moins que ce ne soit l'inverse : il se murmurait dans les couloirs du SRPJ que « Dom » était réticent à exposer son corps glabre aux yeux de tous.

Il se redressa, regarda sa montre, puis rédigea un bout de rapport sur ses découvertes. Le réseau du Toulousain prenait de l'ampleur sur les murs de son bureau. Contacts, ramifications, numéros de téléphone. Établissements publics sur toute la côte du département, Sète, Marseillan-Plage, Cap-d'Agde, Agde, Vias-Plage, Valras et Béziers. Partout, des filles, déclarées ou non. Des mineures aussi et même, si l'on en croyait le *dark web*, des enfants.

Pour donner suite sans grand enthousiasme aux injonctions du juge d'instruction, Roustan envoya un e-mail à Bernadette Lafargue. Jusque-là, il n'avait jamais rencontré l'universitaire. Ils avaient échangé par téléphone, par e-mails. Il lui donna rendez-vous dans la soirée à Béziers, sur les lieux de l'incendie.

5

« Le grand bordel à ciel ouvert ». C'est ainsi qu'on surnomme le Cap-d'Agde dans la région. D'abord exclusivement naturiste, l'endroit accueille aussi, depuis quelques décennies, les libertins, il a fallu apprendre à cohabiter. Ce n'est pas du goût de tout le monde. La communion avec la nature est une chose, l'hédonisme libertaire et la sexualité outrancière en sont une autre.

Sur la longue plage de sable fin, la petite Maeva Tolzan jouait avec sa pelle et son seau, tantôt émerveillée, tantôt inquiète des vagues qui balayaient le rivage. Du haut de ses trois ans, les rouleaux l'impressionnaient, elle alternait larges sourires et moues dubitatives. Maeva hésitait à s'approcher de l'eau pour remplir son seau. Un peu en retrait sur la plage, aussi nue que sa fille, Anne-Maude lisait *L'Amant*. Elle avait adoré le film et ne perdait pas un mot du livre de Marguerite Duras, sans pour autant omettre de jeter un coup d'œil sur sa fille à la fin de chaque page. À côté d'elle, Raymond dormait comme un bienheureux, exposant sa nudité intégrale aux rayons du soleil.

Renonçant à remplir son seau, Maeva avait abandonné ses jouets en plastique au bord de l'eau et rejoignait ses parents en trottinant.

— Maman, je peux avoir une glace ?

Anne-Maude posa son livre et regarda sa fille.

— Un peu plus tard, mon ange. Viens donc vers moi.

— Pourquoi ?

Et en posant la question, elle comprit : sa mère sortait le tube de crème solaire du sac en toile. Bon gré mal gré, elle se laissa badigeonner.

— Au fait, où sont ta pelle et ton seau ?

La petite montra le bord de l'eau.

— Ne les laisse pas traîner comme ça, va les chercher.

Maeva repartit en courant vers la mer, Anne-Maude replongea dans sa lecture. À la fin du chapitre, elle s'inquiéta de ne pas voir sa fille revenir. Ses yeux la cherchèrent sur la plage, le long du rivage, en vain. L'inquiétude grandit peu à peu et elle finit par réveiller son mari.

— Qu'y a-t-il ? maugréa-t-il, à moitié endormi.

— Maeva a disparu.

Connaissant sa femme, il commença par relativiser. À son tour, il scruta la plage de longues secondes, sans succès. Alors il s'énerva, se leva, reprocha à Anne-Maude de ne pas avoir surveillé leur fille. Elle se mit à pleurer, ce qui le calma immédiatement. Sous les regards interrogateurs d'autres naturistes, ils se précipitèrent vers le bord de l'eau.

— Elle avait ses brassards ? demanda Raymond.

— Non.

— Bravo !

Ils la cherchèrent dans l'eau. Des adultes et des enfants plus âgés qui s'amusaient dans les vagues les aidèrent. Aucune trace de la petite. L'hypothèse de la noyade écartée, Anne-Maude et Raymond décidèrent de se séparer et de longer la plage, chacun de son côté.

— Tu fais quoi, monsieur ?

La question interrompit le couple en pleine action, l'homme se retira brusquement et la femme, pourtant naturellement portée à l'exhibition, emballa précipitamment son corps nu dans la serviette. Elle s'exclama :

— Putain ! Mais elle fait quoi ici, cette gamine !

Maeva comprit qu'elle avait sans doute fait une bêtise et se mit à pleurer.

— C'est pas grave, ma petite, lui dit l'homme, bienveillant. Où sont tes parents ?

En réponse à sa question, il vit un homme du même âge que lui, qui pressait le pas sur le sable chaud. Le nouvel arrivant avait l'air confus, il prit l'enfant dans ses bras.

— Navré, dit-il au couple en se confondant en excuses. Je ne sais pas comment elle a pu arriver jusqu'ici.

Une guinguette et un poste de secours séparent la plage naturiste de la « Baie des Cochons ». C'est le nom qu'on donne à ces huit cents mètres de sable et d'eau où les couples laissent libre cours à leurs fantasmes en suivant scrupuleusement la topologie de la plage. Avant la buvette : bisous appuyés et caresses sexuelles discrètes. Après la buvette : exhibitions acrobatiques, comme pour un tournage de Marc Dorcel.

— Ce n'est pas la première fois qu'un enfant s'aventure de ce côté, répondit l'homme, amusé.

Toujours drapée dans sa serviette de plage, sa compagne avait l'air de trouver l'histoire beaucoup moins drôle.

— Moi, ça ne me fait pas rire. Les parents n'ont qu'à surveiller leurs gamins.

— Je suis désolé, dit Raymond. Je ne sais pas quoi dire. Ça ne se reproduira pas.

Dans ses bras, Maeva séchait ses larmes et regardait craintivement le couple. Mais elle avait compris, avec son esprit d'enfant, que l'homme était beaucoup plus gentil que la femme. Elle lui sourit.

— C'est pas grave, répéta l'homme en lui rendant son large sourire.

Et se tournant vers Raymond, avec un regard complice :

— Votre fille est mignonne. Et il n'y a pas d'âge pour apprendre.

Il bandait encore.

6

Le scooter remontait le boulevard du Soleil en suivant la direction Agde Centre. Le phare illuminait furtivement les haies de thuyas et les palmiers qui séparaient la route des maisons aux toits orange. Alexia enlaçait tendrement la taille d'Arnaud, elle sentait les abdos du garçon sous son tee-shirt. Pour son anniversaire, il l'avait emmenée au McDo. Elle avait décliné le restaurant étoilé avec ses parents pour passer la soirée avec son amoureux. Elle voulait franchir le cap avec lui. C'était le jour de ses dix-huit ans.

Arnaud gara le scooter sur le parking du cinéma Le Travelling. Les deux adolescents retirèrent leur casque et s'embrassèrent. L'éclairage nocturne accentuait le bronzage d'Alexia, elle était resplendissante dans sa robe légère couleur crème.

— Je t'aime.

Ce genre de phrases convenues lui déplaisait.

— Moi aussi, répondit-il platement.

Arnaud roula tout de suite un joint devant elle. Il fumait depuis l'âge de douze ans. Alexia savait que c'était peine perdue de vouloir changer cette habitude.

Elle avait essayé une fois d'en fumer avec lui, mais elle avait été vraiment malade.

— On y va ? feignit-elle de s'impatienter, avec le sourire espiègle d'une écolière.

Il écrasa le mégot sur l'asphalte, la suivit dans le cinéma et prit deux billets pour *Destination finale*. Ils l'avaient déjà vu deux fois. C'est devant ce film qu'ils s'étaient embrassés la première fois.

Ils achetèrent du pop-corn et du coca, s'installèrent à l'écart, au fond de la salle, zappèrent le début en se caressant. Les ados à l'aéroport, la panique dans l'avion, le débarquement avant le décollage, l'accident, ils connaissaient les scènes par cœur. Arnaud posa une main hésitante sur un sein d'Alexia et sentit la pointe durcir sous sa robe. Moins réservée, elle dirigea directement sa main vers l'entrejambe de son compagnon et entreprit de lui caresser le sexe par-dessus son jean.

Après quelques secondes, elle s'arrêta, vexée.

— Je ne te fais pas d'effet ?

— Si, murmura-t-il, gêné. Mais…

— Mais quoi ?

— Ce n'est pas le bon endroit.

— Bien sûr que si, il fait noir, personne ne peut nous voir, détends-toi.

Elle glissa une main dans sa braguette jusqu'à sentir son pénis. Il était mou. Elle le prit et le sortit délicatement du caleçon, puis pencha son visage. Il la retint.

— Attends, je crois que j'ai une autre idée.

Arnaud se reboutonna. Il sortit son téléphone, fit comprendre à Alexia qu'il avait un coup de fil à passer et sortit de la salle obscure.

Elle resta seule de longues minutes à l'attendre. Elle ne regardait pas vraiment le film, ses pensées étaient ailleurs. Arnaud et elle se connaissaient depuis la première année du lycée, mais ils ne sortaient pas ensemble depuis longtemps. Il était d'évidence fier d'être avec la plus jolie fille de l'école, elle était très convoitée. Mais il se disait peut-être aussi qu'elle avait couché avec beaucoup trop de garçons. C'est vrai qu'elle avait acquis une réputation de fille facile. Elle en était parfaitement consciente et s'en moquait éperdument. Mais elle concevait que ça puisse bloquer son nouvel amoureux. Alexia sentait bien tout ça. Mais il y avait surtout une chose qu'elle sentait, dont elle était intimement persuadée, c'était qu'elle aimait Arnaud.

Il revint une dizaine de minutes plus tard et lui prit la main.

— Viens, on s'en va.

Il attendait qu'elle se lève, debout dans le noir. Elle le regarda, étonnée.

— On va où ?

— C'est une surprise.

Elle lui sourit, elle adorait les surprises. Elle se leva et ils quittèrent le cinéma, abandonnant leurs victuailles sur les sièges. Au moment de remonter sur le scooter, elle lui demanda :

— Tu me donnes un indice ?

— Patience, papillon.

Et il démarra.

Ils roulèrent sur le trottoir devant Le Travelling,

remontèrent la rue Brescou en sens interdit, ce qui provoqua immanquablement des appels de phares d'une voiture venant en sens inverse. À l'arrière, Alexia riait, elle aimait le faux côté *bad boy* qu'Arnaud se donnait pour l'impressionner.

Ils longèrent les anciens remparts jusqu'à la fontaine de la Belle Agathoise, gagnèrent les bords de l'Hérault et traversèrent le pont. Sur leur gauche, la cathédrale Saint-Étienne dominait le fleuve et les restaurants du quai du Chapitre. On devinait la scène flottante installée pour les concerts et, contre la rive opposée, l'ombre des barques préparées pour les joutes nautiques, peintes dans la plus pure tradition agathoise depuis le début du XIIe siècle.

Arnaud prit la direction de la gare. Il gara le scooter et emmena Alexia vers les voies.

— On va où, dis, on va où ? répétait l'adolescente enjouée.

— Je te l'ai dit, c'est une surprise.

Il regarda sa montre, afficha une mine satisfaite. Ils étaient à l'heure. En provenance de Montpellier, le train entrait en gare.

— On sort en boîte à Béziers ?

Il la dévisagea, l'air mystérieux. Elle leva les mains en signe de victoire, puis elle s'arrêta et reprit plus sérieusement :

— C'est que… j'ai promis à mes parents de ne pas rentrer trop tard.

— T'inquiète, papillon. Ce train nous ramènera à bon port avant le lever du jour.

7

Il ne restait rien de La Pairòla, l'endroit sentait la mort et le soufre. Des murs au plafond, tout était noir. Une boue immonde recouvrait le sol, les bottes des deux gendarmes de la brigade de recherches de Béziers s'enfonçaient dans le magma d'eau et de cendres.

— Un beau bordel, dit la plus jeune, Amélie Gasquet, en éclairant ce qui restait des lieux avec sa lampe torche.

— Dans tous les sens du terme, répondit son binôme Solange Darrieussecq.

Elles avaient patienté de longues heures sur les allées Paul-Riquet, jusqu'à ce que les pompiers les autorisent à entrer dans l'établissement. En attendant, elles avaient photographié un à un tous les curieux, dans l'hypothèse où l'incendiaire en ferait partie. Elles avaient interrogé informellement quelques personnes, effectué une enquête de voisinage et passé des coups de fil. Rien de très concluant. Pour meubler l'attente, elles avaient aussi évoqué leur vie privée, en partageant un sandwich à l'heure du déjeuner.

Assise sur un banc à l'ombre des arbres, Gasquet avait ressassé avec nostalgie ses envies déçues de maternité.

Elle était l'archétype de la fille plaquée par son mec à l'aube de la quarantaine, se retrouvant soudain célibataire avec l'horloge biologique qui s'affole.

Darrieussecq, elle, avait évoqué sa prochaine retraite et ses projets avec son amie Marie, une fille de la région plus jeune qu'elle, au tempérament de feu et qui n'avait pas la langue dans sa poche.

Le site fut sécurisé à la fin du jour. Les premiers à recevoir le go des hommes du feu furent les techniciens de la PTS, la police technique et scientifique. Gasquet et Darrieussecq les rejoignirent une heure plus tard, avec casque, bottes et équipement de protection. L'odeur âcre de la fumée froide s'infiltrait partout, imprégnant leur uniforme et leurs cheveux.

Darrieussecq s'approcha d'un homme en combinaison intégrale anti-traces, dont le blanc avait disparu sous une couche de suie.

— Qu'est-ce qu'on a ? lui demanda-t-elle.

— Plusieurs départs de feu.

Il désigna l'accès principal et les sorties de secours de la boîte de nuit.

— Criminel, donc.

— Et savamment calculé pour empêcher quiconque de sortir. L'auteur a transformé ce sous-sol en piège mortel. Le feu a dû prendre rapidement et de manière très violente, on a relevé des traces d'accélérant. Et ça aussi.

Il lui montra un petit boîtier calciné.

— Qu'est-ce que c'est ?

— Un dispositif de mise à feu.

— Avec minuterie ?

— Je pencherais plutôt pour un déclenchement électronique à distance. Peut-être au moyen d'un téléphone portable. J'en saurai plus quand j'aurai pu l'analyser au labo.

— Des traces d'explosif?

— Trop tôt pour le dire. Deux ou trois bouteilles en plastique contenant de l'essence avec ce petit joujou collé dessus, le tout planqué dans un sac à dos et le tour était joué. C'est du moins comme ça que je l'imagine, car il n'y a aucun témoin pour le confirmer et le système de vidéosurveillance est complètement détruit.

— Pas de sauvegarde externe ?

— Non. Tout était dans le bureau du gérant, mais il est mort avec son matériel.

Le technicien de la PTS désigna un cadre de porte noirci à côté des restes du comptoir.

— Aucun chemin de fuite. Espérons pour lui qu'il est mort asphyxié plutôt que brûlé vif. La pire des morts.

Darrieussecq haussa les épaules.

— Va savoir si ce n'est pas ce que je lui souhaitais. Cette crevure de Nardi Monge ne mérite aucune pitié. Ça fait des années qu'il se comporte en petit baron du sexe biterrois, des années qu'il nous pourrit la vie, des années que les filles se taisent par crainte de représailles, des années d'impunité totale. Dommage que ses roitelets Valadié et le Toulousain ne fassent pas partie de ce méchoui.

— Tu penses à la vengeance d'une fille ? demanda le policier scientifique.

— Peut-être. Si c'est le cas, je ne suis pas sûre de vouloir mettre toute mon énergie à l'identifier.

Il lui sourit.

— Je reconnais bien là ton petit côté désabusé, ma Solange. Vivement la retraite !

Elle le fusilla du regard.

— Déjà, mon p'tit Martin, je ne suis pas « ta » Solange. Mon cœur est à une autre. Ensuite, ça n'a rien à voir avec un manque de motivation, c'est du pragmatisme.

— De laisser filer une criminelle ?

— Une criminelle que la population et les médias érigeront très vite en Jacqueline Sauvage du monde de la nuit. Me retrouver une nouvelle fois dans le mauvais camp, très peu pour moi. On en a pris suffisamment dans la gueule l'année dernière avec les affaires Floyd et Traoré. Inutile d'en ajouter une couche. J'ai passé l'âge de ces conneries. Et si c'est ce que tu penses, alors oui : vivement la retraite !

Amélie Gasquet venait de terminer une rapide inspection de la salle principale de l'établissement. Elle avait entendu la fin de leur conversation.

— En tout cas, intervint-elle, si c'est une fille qui a fait ça, elle ne l'a pas fait pour défendre la cause féministe. Elle n'a épargné aucune de ses collègues.

La gendarme balaya la salle avec le faisceau de sa lampe de poche. En divers endroits, il y avait des corps calcinés, couchés dans la boue ou recroquevillés sur des restes de fauteuils et de tables. Beaucoup étaient méconnaissables, mais on devinait encore çà et là une paire de seins et un sexe féminin épargnés par les flammes.

— Celles et ceux qui étaient à poil ont moins bien brûlé, commenta le technicien PTS. Les habits transforment les hommes en torche. Une fois consumés, il ne reste aucun tissu, ni textile ni humain. Seuls les organes internes résistent à la chaleur.

Il éclaira à son tour un cadavre noirci, dont la cage thoracique avait fondu. Même les côtes avaient brûlé, on distinguait le cœur et les poumons à vif. Darrieussecq grimaça.

— Merci de cette précision, mon p'tit Martin. Si je te suis bien, tu es en train de nous dire qu'il vaut mieux participer activement à une partouze que de mater en bandant à l'écart dans son costard.

— Quelque chose comme ça. Quoique, au final, dans les deux cas, tu es mort.

Gasquet dirigea le faisceau de sa lampe vers la porte du bureau de Bernard Monge, puis derrière le comptoir. Un grand miroir avait éclaté à cause de la chaleur.

Un détail attira son attention. Elle s'avança dans la boue et dégagea les morceaux de verre brisé.

— Et ça, c'est quoi ?

Ils regardèrent dans sa direction et lurent les mots en lettres de sang, sur une partie du mur protégée des flammes par le miroir.

Caedute eos, novit enim Dominus qui sunt eios.

Surgie soudainement du néant, une voix féminine résonna dans l'obscurité et leur livra la traduction libre des mots qu'elles venaient de lire en latin :

— Tuez-les tous, Dieu reconnaîtra les siens.

8

L'assassinat de Pierre de Castelnau fut la goutte qui fit déborder le vase.

Bouleversé par la nouvelle, le pape Innocent III canonisa son légat et prêcha la croisade en adressant cette encyclique aux comtes, barons et simples fidèles du royaume de France :

« En avant, donc, chevaliers du Christ ! En avant, vaillantes recrues de l'armée chrétienne ! Appliquez-vous à détruire l'hérésie par tous les moyens que Dieu vous inspirera. Quant au comte de Toulouse, chassez-le, lui et ses complices, des tentes du Seigneur. Dépouillez-les de leurs terres, afin que des habitants catholiques y soient substitués aux hérétiques éliminés ! »

Raymond VI de Toulouse ayant fait amende honorable, le nouveau légat Arnaud Amaury décida d'envoyer les croisés à l'assaut des vicomtés de Béziers, du Razès, d'Albi et de Carcassonne, tenues par Raimond-Roger Trencavel. Une ultime tentative de négociation échoua à Montpellier. Trencavel mit Béziers en état de siège, puis s'en alla préparer la défense de ses autres fiefs. Le 22 juillet 1209, forte de vingt mille hommes, l'armée de Dieu se présenta aux portes de Béziers.

Montés sur leurs chevaux sous un soleil de plomb, les deux ecclésiastiques observaient l'installation des soldats devant les puissantes fortifications de la ville. Un assaut direct semblait compromis, le siège s'annonçait long.

— Voyez, frère Rainier ! dit Amaury. Le sacrifice de frère Pierre n'aura pas été vain. Sans lui, nous ne serions pas ici. Grâce à sa mort, notre Saint-Père a su convaincre le roi de combattre les hérétiques.

— Grâce à ma félonie, messire Arnaud.

— Grâce à votre foi en Notre-Seigneur et notre Église. Vous avez réussi là où frère Pierre a échoué.

Tandis qu'on dressait mangonneaux et trébuchets face aux murailles, un chevalier s'approcha d'eux au galop. Il arborait fièrement le tabard blanc à croix rouge sur sa cotte de mailles. Rainier fut le premier à le remarquer.

— Le comte de Montfort, messire.

Le légat l'accueillit avec les formules d'usage. Le croisé annonça :

— Monseigneur, l'évêque de Béziers demande audience.

— A-t-il convaincu la ville de donner suite à nos exigences ?

— Je crains que non. Il dit avoir dressé une liste de deux cent vingt-deux hérétiques, mais la population et les consuls refusent de nous les livrer. Ils avancent des prétextes moraux et matériels.

— Dans ce cas, faites-lui savoir que tous les catholiques qui ne souhaitent pas partager le sort des cathares peuvent sortir de la ville sans crainte. Nous les épargnerons.

— Bien, monseigneur.

Le chevalier repartit sur son destrier et, dans l'heure qui suivit, seuls l'évêque Renaud de Montpeyroux et une poignée de fidèles quittèrent Béziers.

— C'est tout ? s'étonna Arnaud Amaury.

— Je le crains, répondit Simon de Montfort. Les habitants refusent de s'écarter de leurs concitoyens. Ils se sentent à l'abri des remparts.

— Nous verrons bien s'ils persistent dans l'hérésie une fois le mur tombé.

La journée était caniculaire. Un peu à l'écart de l'armée des croisés, des ribauds en profitaient pour se rafraîchir au bord de l'Orb. Membres d'une milice créée par le roi Philippe Auguste, ces mercenaires étaient réputés pour leur hardiesse et constituaient une infanterie légère qu'on envoyait en première ligne d'un assaut.

Les défenseurs de la ville les remarquèrent et virent dans cette baignade effrontée l'occasion de narguer l'assaillant. Ils tentèrent une sortie et attaquèrent les mercenaires. Le choc fut violent, le sang colora le fleuve, la bataille tourna rapidement à l'avantage des ribauds. Submergés par le nombre, les Biterrois se replièrent dans la ville de manière désordonnée et ne purent empêcher la milice royale d'y pénétrer à son tour.

L'information parvint aux oreilles d'Amaury.

— Monseigneur, les ribauds sont entrés dans Béziers. Ils pillent et massacrent à tout va.

D'abord surpris, le légat se reprit.

— Eh bien, seigneur de Montfort, qu'attendez-vous pour les rejoindre avec vos chevaliers ?

— Mais comment reconnaître les hérétiques des bons catholiques ?

Amaury haussa les épaules et répondit froidement :

— Tuez-les tous, Dieu reconnaîtra les siens !

Contre toute attente, Béziers tomba dès le 22 juillet 1209, le jour même de l'arrivée des croisés, en raison de l'imprudente sortie des Biterrois. Le légat annonça au pape que vingt mille avaient été tués, dont sept mille dans la seule église Sainte-Madeleine, où ils s'étaient réfugiés. Femmes, enfants, vieillards, tous furent passés par les armes ou moururent dans l'incendie qui ravagea la ville.

La nouvelle du sac de Béziers se répandit rapidement dans les terres occitanes et terrorisa la population. Elle parvint aux oreilles de Raimond-Roger Trencavel, qui se réfugia dans Carcassonne. Mais la ville tomba à son tour le 15 août 1209, après un siège de quinze jours. Les puits à sec et tous les points d'eau sous contrôle des croisés, Trencavel tenta de négocier la reddition de la ville. Il fut arrêté par surprise au moment de la discussion, jeté dans les geôles de la cité et y mourut quelques mois plus tard, officiellement de maladie, plus vraisemblablement empoisonné sur ordre d'Amaury.

Les vicomtés de Béziers et de Carcassonne furent offertes à Simon de Montfort, que le légat pontifical avait désigné nouveau chef de la croisade. Impitoyable, le croisé entreprit une terrible campagne de répression contre les cathares. Dans les mois qui suivirent la chute de Carcassonne, il soumit Castres et Albi, prit Fanjeaux, Mirepoix, Saverdun, Preixan et Bram. Puis il jeta les foudres divines sur la cité cathare de Minerve.

9

La garce ne l'avait pas ménagé ! Cette Sandy, ou quel que soit son putain de vrai nom, l'avait laissé mijoter le restant de la nuit et la journée suivante, à poil dans le coffre d'une voiture, avec pour seule compagne une grande bouteille d'eau et une paille coincée entre ses lèvres et son bâillon. Le coffre s'était transformé en étuve, il avait tout bu, Serge Valadié, et même pas pissé. Le liquide était ressorti par les pores de sa peau. Lorsqu'il avait donné des coups de pied contre la tôle pour appeler à l'aide, Sandy l'avait tasé une seconde fois et elle avait resserré ses liens.

Les forces avaient quitté le proxénète. Tout son corps lui faisait mal, son cœur cognait dans sa poitrine. Il était en nage. L'infarctus le guettait, il en connaissait les signes avant-coureurs. Son médecin l'avait prévenu, « À votre âge, il faudrait songer à lever le pied ». Valadié ne l'avait pas écouté. Soixante-cinq ans qu'il brûlait la chandelle par les deux bouts, et voilà qu'une vulgaire pute voulait sa peau. Mais il résisterait, coûte que coûte. Le Toulousain et ses hommes finiraient par le retrouver. Il en était certain. Sandy paierait le prix fort.

La voiture roulait depuis une bonne heure, peut-être plus. Des routes plus ou moins rapides, des virages, des ronds-points, des virages encore, et enfin un chemin de terre. Les pneus crissèrent sur la caillasse. La voiture s'immobilisa. Il y eut un bruit de portière, Sandy descendit et ouvrit le coffre. Il faisait nuit. Sans un mot, elle empoigna la lourde carcasse visqueuse de Valadié, le sortit de sa prison de tôle et le traîna sur le sol rocailleux. Les pierres entamaient ses chairs. Elle l'installa dans une sorte de hamac en cuir, comme s'il avait pesé le poids d'un enfant.

Le proxénète respirait enfin l'air libre. Il ne savait pas où il était, mais l'endroit était désert. Un terrain aride, de rares arbustes, une odeur de lavande, quelques cigales qui résistaient encore à la tombée de la nuit. L'obscurité avait jeté son voile sur le Minervois.

Sandy regarda Valadié. Il avait mariné dans son jus, toute fierté l'avait quitté. Elle sortit un couteau de chasse et, toujours silencieuse, se pencha vers lui. Quand la lame grava les lettres de l'infamie sur son torse adipeux, le corps de Valadié se raidit. Le bâillon atténua ses jérémiades, les traits de son visage bouffi se déformèrent sous la douleur, des larmes coulèrent de ses yeux fermés.

À la fin du supplice, Sandy coupa les liens et retira le bâillon. Sous la menace du couteau, Valadié ne broncha pas. Il grelottait en regardant incrédule le sang couler de sa poitrine.

— Salope ! Si tu crois que…

Elle lui fit signe de se taire et demanda d'une voix calme :

— Tu te souviens de moi ?

La question était stupide, comment se serait-il souvenu ?

Alors, elle lui rappela ce qu'il lui avait fait.

Quand la mémoire lui revint, son teint vira du blême au blanc. Cette fille n'avait rien d'une pute qui improvise pour punir son mac. Elle avait minutieusement préparé sa vengeance. Serge Valadié comprit que jamais le Toulousain ne viendrait à son secours et que son associé serait le suivant sur la liste de Sandy. Le passé venait de les rattraper.

Minerve s'était endormie. Passé le défilé des touristes, la cité cathare était aussi vide que silencieuse. On l'aurait dit blottie dans la garrigue, posée à l'extrémité du plateau calcaire et cernée de gorges taillées par la confluence des deux rivières.

Camille Negrou habitait une vieille maison de pierre au bord de la falaise. Elle profitait de ses insomnies et du calme de la nuit pour boucler la comptabilité de son petit commerce : poteries, produits locaux et surtout vins. La journée avait été bonne, son stock de minervois AOC avait fondu comme neige au soleil et il ne lui restait plus une seule bouteille de muscat petits grains de Saint-Jean. Elle décida d'en passer tout de suite une nouvelle commande.

Elle entrait les chiffres dans son ordinateur quand un hurlement déchira le silence. D'abord lointain, le cri glaçant se rapprochait. Instinctivement, Camille se leva d'un bond de sa chaise. Il y eut un choc violent sur le toit, comme si les poutres tremblaient, et quelque chose roula sur les tuiles, une ombre furtive passa devant la fenêtre ouverte du salon.

Elle se précipita et regarda dans le vide. Dans le lit asséché de la Cesse, elle ne devinait que les bancs de cailloux blancs et la forme des massifs de verdure, il faisait bien trop sombre pour distinguer les détails.

Camille passa un chandail sur sa chemise de nuit, glissa ses pieds dans des sandalettes, prit une lampe de poche et sortit dans la rue. La vieille dame d'en face était déjà à sa fenêtre.

— Vous avez entendu ? cria-t-elle. Qu'est-ce que c'était ?

— Aucune idée. Je vais voir, justement.

— Est-ce bien prudent ?

Camille n'écouta pas la vieille et s'engagea dans la petite rue de la Poterne, qui descendait entre deux murs de pierre vers la rivière à sec. Un chemin longeait le pied de la falaise. Au rythme de ses pas, le faisceau de la lampe de poche balayait le paysage désertique et les arbrisseaux qui perçaient entre les cailloux, projetant des ombres mouvantes et inquiétantes.

Camille alla directement vers le point qui était à la verticale de chez elle. Elle éclaira sa maison, dont les murs étaient construits à flanc de falaise. Une tuile cassée dépassait du toit, d'autres étaient tombées dans l'abîme, le chemin rocailleux était tapissé d'éclats orangés. À quelques mètres, elle distingua une masse informe. Elle s'approcha prudemment en braquant sa lampe torche. Elle mit plusieurs secondes à comprendre ce qu'elle voyait, porta une main devant sa bouche et remonta chez elle en courant pour appeler la police.

10

— *Caedute eos, novit enim Dominus qui sunt eios*, répéta la voix féminine dans l'obscurité de La Pairòla incendiée.

Le faisceau de la lampe torche d'Amélie Gasquet éclaira le visage de l'inconnue. Il était difficile de lui donner un âge, elle avait peut-être la soixantaine, peut-être moins. Elle était propre sur elle, avec de longs cheveux gris-blond débordant de son casque, sa seule protection. Elle portait des vêtements de marque, le bas de son pantalon et ses souliers étaient maculés de cendres et de boue.

— Qui êtes-vous ? Et comment êtes-vous entrée ? demanda Solange Darrieussecq.

— Je m'appelle Bernadette Lafargue. J'enseigne l'histoire médiévale à l'université de Montpellier. Ce sont vos collègues qui m'ont laissée entrer. Le capitaine Roustan du SRPJ de Montpellier m'a donné rendez-vous ici. Savez-vous où je peux le trouver ?

Gasquet et Darrieussecq échangèrent un regard.

— Le SRPJ ? reprit Darrieussecq. Je ne vois pas le rapport. L'affaire relève de la police de Béziers, qui a sollicité l'appui de la gendarmerie.

La professeure fit un pas en avant avec un sourire, une de ses chaussures s'enfonça dans la boue. Elle ne le remarqua même pas.

— Oh moi, vous savez, je ne m'y connais pas trop en procédure. Police et gendarmerie, c'est du pareil au même. Je n'ai jamais vraiment compris qui faisait quoi dans ce pays. Ma spécialité, c'est l'histoire médiévale. Plus précisément le catharisme. Et à lire cette phrase sur le mur, je me dis que le capitaine Roustan a eu raison de me faire venir ici. Vous ne l'avez pas vu ?

— Je ne sais pas. À quoi ressemble-t-il ? répondit Amélie Gasquet en levant les bras.

— Vous ne le connaissez pas ?

— Non, madame.

— Vous ne vous connaissez pas tous, dans la police ?

— Nous ne sommes pas de la police, madame, nous appartenons à la brigade de gendarmerie de Béziers, répondit Darrieussecq.

On entendait de l'agacement au débit de sa voix. Elle coupa court en posant une question sur l'inscription en latin.

— Ces mots auraient été prononcés par le légat du pape Arnaud Amaury lors de la croisade des Albigeois, enchaîna la professeure Lafargue. Il aurait dit cette phrase qu'on lit inscrite sur le mur au moment du sac de Béziers. Littéralement, la citation en latin veut dire : « Massacrez-les, car le Seigneur connaît les siens. » On l'a un peu enjolivée dans la version qu'on connaît. Ces mots ont aussi été attribués à Simon de Montfort, mais c'est une erreur. En juillet 1209, Montfort n'était encore qu'un croisé parmi les croisés, dont il n'a pris la tête qu'après la chute de Carcassonne. D'ailleurs, cet incendie criminel…

— Comment savez-vous que l'incendie est criminel ? l'interrompit Darrieussecq.

— Je n'en sais rien, c'est vous les policiers. Je ne fais qu'une déduction de ce que je lis sur ce mur. Mais le capitaine Roustan ne m'aurait certainement pas donné rendez-vous ici si cet incendie était accidentel. Il faut dire aussi qu'il a reçu une lettre anonyme annonçant une sorte de croisade contre le crime. Il m'a transmis cette lettre pour que je l'étudie, elle citait un passage de la *Chanson de la croisade contre les Albigeois*.

— On peut voir cette lettre ? Vous l'avez avec vous ?

— Non. Il me l'a envoyée par e-mail, en version scannée.

Darrieussecq était native de l'Hérault, elle connaissait l'histoire des cathares dans les grandes lignes. En revanche, sa collègue avait été récemment mutée de Paris et, à l'évidence, elle ne comprenait pas grand-chose au charabia de l'universitaire. Gasquet saisit son aînée par le bras et la tira un peu à l'écart.

— Je ne vois pas pourquoi on devrait laisser l'affaire au SRPJ. C'est notre enquête.

Son binôme lui sourit.

— Ce n'est pas ton enquête, Amélie. Ni la mienne d'ailleurs, c'est celle de la police et nous ne faisons que donner un coup de main. Je te l'ai déjà dit, tu ne dois jamais t'approprier un dossier, si tu veux éviter d'en faire une affaire personnelle. Et les ordres peuvent venir de plus haut. De nos supérieurs, du procureur de la République, tout est possible. On posera la question à l'adjudant-chef. Je suis à un an de la retraite et j'ai passé l'âge de me prendre la tête avec des guéguerres de compétences. Regarde autour de toi…

Darrieussecq désigna les cadavres carbonisés qui jonchaient le sol boueux, les restes de fauteuils et de tables et l'atmosphère de désolation générale.

— Ici, c'est le monde du Toulousain, la luxure dans ce qu'elle a de plus répugnant. Tout pue le sexe sale, la prostitution et, si tu grattes un peu la couche de merde, tu vas même trouver de la pédophilie. Je pourrais t'en raconter des vertes et des pas mûres. Crois-moi, ça ferait passer l'envie à n'importe qui de faire un gosse.

— Mais je compte bien avoir des enfants.

— Alors un bon conseil, démissionne avant.

— Pour ça, il faudrait d'abord que je trouve le père.

— Ne tarde pas trop. Tu n'en auras plus envie quand tu auras passé autant d'années que moi à traîner ton cul dans les affaires de mœurs. À commencer par celle-ci. Donc, pour résumer… Si on doit céder l'enquête au SRPJ, nous la leur laisserons avec le sourire.

11

— Maeva s'est endormie, annonça Raymond à sa femme en la rejoignant à la boutique naturiste du Cap-d'Agde.

Il s'était habillé avec élégance, pour respecter le *dress code* de la soirée. Pantalon de smoking, chaussures de ville, chemise blanche à longues manches, deux derniers boutons ouverts. « Classe mais décontracté », annonça-t-il tout fier en quêtant un signe d'admiration d'Anne-Maude. Elle avait enfilé une robe de cuir noir très décolletée, qu'elle portait avec de très hauts talons, et Raymond la trouva resplendissante, même si le sourire lui manquait. Elle était stressée.

— Ne t'inquiète pas, Maeva dort comme une bienheureuse.

— Et si elle se réveille et qu'elle ne nous voit pas ?

— Elle sait que nous sommes sortis boire un verre et que nous allons revenir. Ce n'est pas la première fois.

— Mais elle n'a que trois ans…

— Et nous, l'âge de nous amuser un peu.

Il passa derrière sa femme et lui attacha un ras-de-cou en cuir noir.

— Sexy à souhait, annonça-t-il pour mettre un point final à la discussion.

Et ils prirent la direction de la boîte de nuit.

Il y avait deux files qui patientaient devant l'entrée, celle des couples et celle des hommes seuls. La seconde faisait l'objet d'un contrôle plus strict du service de sécurité.

Dans la mesure où elles respectaient le *dress code*, les tenues les plus excentriques étaient les bienvenues. L'unique règle étant de ne jamais commenter la manière dont l'autre était habillé. Un monde sans tabou ni jugement, et un seul mot d'ordre : le plaisir sans limites, dans le respect d'autrui. Tout était permis, rien n'était imposé.

Dès qu'ils franchirent la porte, Raymond et Anne-Maude devinrent « Adam » et « Blacklove ». Dans le club, chacun utilisait un pseudo. La première salle était bondée. Sur fond de lumière tamisée rose-violet, un DJ diffusait de l'électro. Les corps plus ou moins habillés ondulaient sensuellement sur le *dance floor*, toutes les barres de *pole dance* étaient occupées et deux femmes attendaient que se libère une place dans la cage d'exhibition. Un peu partout, on matait, on caressait plus ou moins discrètement, on s'embrassait. Adam posa une main sur les fesses de Blacklove et l'entraîna vers le bar. Il attendit son tour, commanda deux coupes de Dom Pérignon. Ensuite seulement, le couple entreprit de faire le tour du club.

D'une terrasse discrète et boisée émanait une forte

odeur d'eucalyptus. Sur des fauteuils et des transats, une dizaine de personnes prenaient du plaisir.

Adam emmena Blacklove au sous-sol. C'était une sorte de labyrinthe sombre divisé en deux parties. On entendait des gémissements et des soupirs.

Adam jeta un regard amusé au coin BDSM, Blacklove l'évita. Bondage, discipline, soumission et domination, le sadomasochisme n'était pas leur truc. Une fille pratiquait le *shibari*, le corps entravé de cordes de chanvre et suspendu à hauteur d'homme, tandis que son partenaire vêtu de latex de la tête aux pieds la satisfaisait à grands coups de reins. Le club autorisait certaines pratiques extrêmes, mais ni sang ni trop de violence, sous peine d'exclusion immédiate.

Adam et Blacklove poursuivirent vers le coin câlins, moins *trash* et plus propice à leurs habitudes, et s'installèrent au milieu des corps nus. Les lits et les canapés étaient recouverts d'un revêtement lavable. Adam commanda une bouteille de champagne. Il savait que sa femme avait besoin de plus d'un verre pour se désinhiber.

Une heure avait passé. La bouteille de Dom Pérignon trônait, vide, au milieu de la petite table, entourée d'emballages déchirés de préservatifs. Adam avait retrouvé sa tenue originelle, sa partenaire le chevauchait énergiquement en poussant de grands cris. Il était dans son élément, le sexe était sa drogue.

Il fit signe à un homme seul, qui se masturbait sur un canapé dans l'attente d'une invitation, et sa partenaire prit son sexe dans sa bouche, en continuant son rodéo.

Quand il lui sembla que l'homme avait été suffisamment préparé, Adam lui désigna un autre couple un peu plus loin, la femme était assise à califourchon sur un quadra bien bâti, mais ne semblait pas y prendre beaucoup de plaisir. Sans un mot, l'homme montra à Adam qu'il avait compris. Il s'approcha du couple et se colla derrière la femme, lui caressa les fesses, puis l'anus. Elle se retourna pour protester, mais son regard croisa celui d'Adam. Blacklove connaissait les penchants de son mari, il adorait la voir prise en sandwich par deux inconnus. Elle, elle détestait. Elle se sentait comme un quartier de viande.

L'échangisme, c'était son truc à lui, pas à elle. Mais elle était amoureuse, elle acceptait de le suivre dans ses déviances, elle ne savait pas s'expliquer pourquoi, peut-être par crainte de le perdre. Dès le début, pour la convaincre, il lui avait expliqué que l'échangisme n'avait rien à voir avec l'adultère et que les couples échangistes étaient en fait, grâce à leur pratique, plus fidèles que les autres. Elle avait voulu le croire. Elle avait même essayé d'y trouver du plaisir.

Blacklove soupira. Une fois de plus, elle décida de contenter son mari et se laissa faire. À quelques mètres, Adam observait. Il s'attendait à finir très vite, mais le contraire se produisit. Sa belle érection disparut, sa partenaire se retira. Tout le plaisir s'était volatilisé. Il en voulut à sa femme, qui ne bougeait pas, ni n'émettait le moindre soupir, mais grimaçait discrètement sous les assauts des deux étalons.

« Elle pourrait au moins faire semblant d'apprécier, la garce ! »

12

Il y avait peu de monde sur le quai de la gare d'Agde. Ce qui frappa Alexia, c'était la moyenne d'âge des voyageurs. Quarante ans et plus, les hommes bien sapés, les femmes limite provocantes. Un tableau inhabituel.

Arnaud déposa un baiser appuyé sur la joue de son amie, lui prit le bras et la guida vers le wagon-restaurant. Ils furent les seuls à y monter.

— C'est notre carrosse, papillon. Rien que pour toi et moi.

La curiosité gagnait la jeune fille. Depuis quand pouvait-on réserver tout un wagon ? Elle crut d'abord qu'Arnaud plaisantait et voulut en faire la remarque, quand un détail la frappa. De l'extérieur, on ne voyait rien dans le train, les vitres étaient comme des glaces sans tain. Mais une fois à l'intérieur, elle constata que ce train n'était pas comme les autres. On se serait cru dans un pub sombre et luxueux. Partout du bois d'acajou sculpté, un bar à cocktails avec de hauts tabourets, des rangées de bouteilles d'alcool hors de prix, des canapés et des fauteuils en velours, des lampes de chevet diffusant une lumière tamisée, un grand lit.

Alexia n'en croyait pas ses yeux. Elle ne savait pas si elle devait se réjouir ou se méfier.

— C'est quoi ce gag ?

— Ta surprise. Bon anniversaire !

— Tu rigoles ?

— J'en ai l'air ?

Elle s'avança dans le wagon, observa chaque recoin. Le fric transpirait de chaque meuble, de chaque objet, de chaque décoration.

— Dis-moi que je rêve.

— Tu ne rêves pas.

— Mais comment as-tu… ?

Elle savait qu'Arnaud dealait un peu, ce n'était pas un secret entre eux, même si elle ne cautionnait pas ce genre d'activité. Mais jamais il n'avait affiché le moindre signe de richesse.

— Un truc pareil n'est pas dans tes moyens, reprit-elle, un peu inquiète. Même en vendant un kilo de beuh…

— Oublie la beuh, la coupa-t-il. Je me suis arrangé.

Le mot « arrangé » ne plaisait pas à Alexia.

— J'espère que ce n'est pas un plan foireux, je ne veux pas que tu te mettes dans la merde pour moi.

— T'inquiète, papillon. Tout est réglé rubis sur l'ongle. En fait, ce train appartient à mon père. Il nous offre le voyage.

— On ne va pas à Béziers ?

— Non. On va rouler toute la nuit.

— Jusqu'où ?

— Je ne sais pas exactement. Narbonne, Perpignan, peut-être même jusqu'à la frontière espagnole. Puis on fera demi-tour et, sans même t'en apercevoir, tu seras revenue chez toi au petit matin, avant que tes parents se réveillent. Ni vu ni connu.

Alexia regarda silencieusement autour d'elle. Elle se croyait dans un conte de fées. Incrédule, elle se frotta les yeux, mais la magie du décor ne disparut pas. Arnaud affichait son plus beau sourire, celui qui l'avait fait craquer. Qu'est-ce qu'elle pouvait l'aimer ! Et qu'est-ce qu'elle allait se souvenir de ses dix-huit ans ! Elle lui sauta au cou et l'embrassa à pleine bouche.

— Merci, merci, merci mon amour ! répéta-t-elle de sa petite voix d'écolière avec des larmes au bord des yeux.

Le train roulait dans la nuit languedocienne. Il passa au nord de Vias, longea l'aéroport de Béziers-Cap-d'Agde, ralentit avant la gare biterroise, mais ne s'arrêta pas. Il poursuivit sa route vers Narbonne.

Arnaud avait mis un CD des Saïan Supa Crew, sorti des verres et de la glace. Alexia aurait préféré une bière, mais il lui avait répondu qu'en pareille occasion il fallait quelque chose d'un peu plus classe, d'un peu plus fort. Il lui servit un Midleton Dair Ghaelach, un whisky irlandais. Elle eut peur de ne pas l'apprécier. Tout ce bling-bling lui était étranger. Mais pour son amoureux, elle fit un effort.

Au deuxième verre, elle sentit vraiment sa tête tourner, Alexia décida de faire une pause. Elle se leva, ôta ses chaussures et se mit à danser sensuellement, pieds nus, sur la moquette qui tapissait le sol du wagon. Sa taille fine ondulait au rythme de la musique, ses yeux plongeaient dans ceux d'Arnaud et ne les quittaient plus, une invitation.

Il la regardait d'un air mi-amusé, mi-coquin. Il résista un moment, vautré sur son canapé. Puis il se leva à son tour et se dirigea vers le bar. Il farfouilla dans un tiroir et revint avec un sachet de poudre blanche. Sous les yeux ébahis d'Alexia, il en versa un peu sur la vitre d'une table basse et façonna deux lignes au moyen de sa carte bleue. Puis il sortit un billet de vingt euros et le roula pour le transformer en petite paille, qu'il tendit à la jeune fille. Même si elle se doutait de sa réponse, elle lui demanda avec un air faussement naïf :

— Qu'est-ce que c'est ?

— De la coke.

— T'es fou ? Tu sais que je ne touche pas à ça.

Il lui sourit.

— Allez, papillon, lâche-toi un peu ! Juste ce soir. C'est le genre de trucs qui ne t'arrive qu'une fois dans ta vie. Au moins, tu ne mourras pas stupide.

Elle voulut lui dire non, mais ses gestes ne suivirent pas son intention. Elle prit la paille et sniffa un rail. Le flash fut immédiat. Elle ressentit une vague de chaleur, de bien-être, et l'impression de redevenir lucide, comme si la cocaïne avait dissipé les effets du whisky.

Elle regarda Arnaud sniffer l'autre rail et eut soudainement envie de lui, plus encore qu'avant, plus encore qu'au cinéma. Sans attendre, elle se déshabilla et s'allongea sur le lit, offerte à lui. Il se dévêtit à son tour, la rejoignit, l'embrassa et se mit à la caresser. Sa langue joua avec ses seins, descendit vers le bas de son ventre et s'y noya. Alexia avait perdu tout contrôle. Les yeux fermés, elle appréciait chacun de ses mouvements, chacune de ses caresses. Elle sentait le plaisir monter en elle. Elle tendit les bras vers la tête du lit, s'accrocha aux barreaux dorés. Arnaud remonta et se coucha sur elle, mais pour chercher sous l'oreiller des rubans de tissu, qu'il lui montra d'un air coquin. Il voulait jouer, elle jouerait. Elle se pinça les lèvres et mima un regard mi-provocateur, mi-interrogateur.

Il lui attacha les poignets aux barreaux du lit, puis les chevilles. Elle était maintenant bras et jambes écartés, totalement à sa merci. Elle attendait qu'il profite d'elle, mais curieusement il n'en fit rien. Il quitta le lit et reprit place sur le canapé. Il but une gorgée de whisky en se masturbant lentement de l'autre main. Son regard avait changé, il était devenu étrange, presque maléfique.

Alexia entendit un déclic à l'autre bout du wagon, ses yeux fouillèrent la pénombre. Un souffle glacial traversa son corps et la magie du moment s'écroula comme un château de cartes. Un autre garçon de leur âge les rejoignit. Lui aussi était nu, la verge déjà gonflée.

13

La nuit avait étendu son voile sur Béziers. Une de ces nuits étouffantes, sans le moindre air marin, où les ventilateurs ne suffiraient pas à favoriser le sommeil.

Amélie Gasquet et Solange Darrieussecq étaient en nage. Elles avaient déposé leurs casques dans le fourgon d'identification criminelle de la PTS, garé sous les arbres au milieu des allées Paul-Riquet. Elles avaient retiré leurs bottes et leurs pardessus maculés de boue noirâtre. Tous leurs vêtements sentaient le cramé. À la puanteur des cendres mêlées de plastique fondu s'ajoutait celle de la mort. La douche ne laverait pas l'odeur nauséabonde incrustée dans leurs cheveux. Leur visage était noirci de suie.

Elles étaient aussi sales l'une que l'autre. Mais même comme ça, les deux gendarmes n'avaient pas grand-chose en commun. Gasquet était fine, plutôt athlétique, les cheveux noirs coupés court, des yeux noisette, hétéro et célibataire. Elle n'avait pas perdu son accent parisien. Darrieussecq avait de l'embonpoint, les cheveux châtain clair mi-longs et légèrement bouclés, des yeux bleus, en couple avec Marie depuis dix ans. Son accent du Sud la trahissait au premier mot.

Elles formaient un binôme depuis le début de l'année et, malgré leurs différences, elles étaient devenues indissociables aux yeux de leurs collègues. Grand amateur de cinéma français, l'adjudant-chef les surnommait affectueusement Nath et Tina, depuis une soirée arrosée où il avait vu en Gasquet le sosie de Zoé Félix dans *Toute la beauté du monde*, avec le même regard mélancolique. Darrieussecq, elle, ressemblait plutôt à Josiane Balasko dans *Les Bronzés 3*.

Les deux gendarmes finissaient de se changer quand elles aperçurent leur supérieur remontant les allées en compagnie d'un civil élégamment vêtu. Mais ce n'est pas son élégance qui attira en premier l'œil de Gasquet. L'absence totale de pilosité de cet homme lui conférait un air mystérieux, presque angélique. Il ressemblait à un mannequin de chair, sur lequel le temps n'avait pas d'emprise. Il était difficile de lui donner un âge. L'adjudant-chef n'osa pas les appeler par leurs surnoms en présence de l'inconnu.

— Solange et Amélie, je vous présente le capitaine Dominique Roustan, du SRPJ de Montpellier.

Le policier les salua poliment, d'une voix rauque mais emplie de douceur, comme si la cigarette avait émaillé sa voix de fausset au fil des années.

— Laissez-moi deviner, répondit Darrieussecq d'un ton assez peu aimable, c'est lui qui va reprendre l'affaire ?

— Je vois que les nouvelles vont vite, sourit Roustan.

Gasquet n'écoutait pas vraiment la discussion, toute velléité de défendre « leur » enquête avait soudainement disparu. Elle était comme hypnotisée par cet homme venu d'ailleurs. Il n'était pas vraiment beau, mais il était fascinant, totalement envoûtant. Elle ne savait comment le qualifier, les mots ne lui venaient pas à l'esprit. Darrieussecq le remarqua et s'en amusa.

— Le capitaine Roustan cherche la professeure Bernadette Lafargue, avec qui il a rendez-vous ici. Vous l'avez vue ?

— Si vous parlez de l'historienne, répondit Darrieussecq, elle est repartie. Je crois que c'est le genre de femme qu'on ne fait pas attendre. Avec ses airs de grande dame, elle a tout de même pris le temps de souiller une tenue chic à plus de mille euros. Enfin, c'est une image.

— Je vois, répondit le policier. Je m'excuserai auprès d'elle, j'ai omis de la prévenir de mon léger retard.

— Léger retard ? Ça fait presque deux heures qu'elle est partie.

— Je suis navré.

Il n'en avait pas l'air. Il aurait voulu éviter tout contact avec Bernadette Lafargue qu'il ne s'y serait pas pris autrement. Il se justifia maladroitement :

— J'avais des écoutes téléphoniques à gérer et je n'ai pas vu le temps passer.

Darrieussecq n'était pas dupe, elle connaissait les ficelles du métier. Roustan devait être un de ces enquêteurs solitaires, auquel on avait imposé l'assistance d'un expert. Rien de plus désagréable. Elle sortit son téléphone et pointa l'écran vers le flic du SRPJ.

— Avant de partir, elle nous a demandé de vous montrer ceci. Elle a dit que ça vous intéresserait.

Roustan regarda la photo et lut les lettres de sang en latin.

— Qu'est-ce que ça veut dire ?

— Qu'il faut tuer tout le monde et que Dieu fera le tri. Quelque chose comme ça. Elle nous a aussi parlé d'une lettre anonyme que vous avez reçue et elle a dit que vous comprendriez.

Le message avait été reçu cinq sur cinq, la guerre était déclarée et les victimes collatérales déjà nombreuses. Depuis sa maison de Saint-Guilhem-le-Désert, le Toulousain avait passé la journée à rameuter ses contacts. À chacun, il avait répété la même rengaine : l'incendie de La Pairòla, la mort du gérant, Bernard Monge, ses soupçons concernant les Montpelliérains et Michel Fourneyron, la disparition de Serge Valadié... Avec, chaque fois, la même conclusion : « Trouvez-moi le responsable de ce bordel et ramenez-moi ses couilles sur un plateau ! »

Roustan s'apprêtait à remercier Darrieussecq quand l'adjudant-chef reçut un appel. Il échangea quelques mots avec son interlocuteur, mit un terme à la conversation et se tourna vers les deux gendarmes.

— Solange, Amélie, vous filez à Minerve. Il y a un mort et nos collègues d'Olonzac requièrent l'appui de la brigade de recherches.

— Un meurtre ? demanda Darrieussecq.

— Ils ne savent pas encore. Apparemment, un gars est tombé de la falaise et ce n'est pas beau à voir.

— Il n'y a personne d'autre de dispo ? intervint Gasquet.

Darrieussecq lui lança un regard réprobateur. Gasquet haussa les épaules pour s'excuser.

— Non, coupa péremptoirement l'adjudant-chef. Entre l'accident mortel de l'A9, la bagarre au couteau de Valras-Plage, le viol de Sérignan-Plage et la disparition de Vendres, toutes nos équipes sont sur la brèche.

14

Le couple Tolzan avait respecté la première règle du club : on vient avec son partenaire et on repart avec. Pour ce qui était de la seconde règle – ce qui se passe au Cap-d'Agde reste au Cap-d'Agde –, rien n'était moins sûr.

Adam et Blacklove étaient redevenus Raymond et Anne-Maude. Saoule, elle traînait le pas sur le chemin du camping. Elle se sentait sale et pleurait discrètement. Elle tenait ses escarpins dans une main et marchait pieds nus sur les graviers. Depuis la sortie de l'établissement, il n'avait pas dit un mot. Il la devançait de quelques mètres et finit par se retourner, l'air contrarié.

— Tu aurais pu faire un effort, tout de même !

— Un effort ? Lequel ? Tu aurais préféré que je simule ?

— Arrête, bébé ! Ne me dis pas que tu n'y as pas pris du plaisir. Au fond de toi, tu as adoré, mais tu n'oses pas te l'avouer.

— Qu'en sais-tu ? Depuis quand te soucies-tu de ce que j'aime ou de ce que je n'aime pas ? Je te rappelle que ce genre de soirées, c'est ton truc, pas le mien. Tu le sais, mais tu n'as jamais voulu l'entendre.

Il soupira.

— C'est comme ça que notre couple fonctionne, bébé. Tout est question de confiance.

— De confiance ? Tu te fous de moi ?

— Pas du tout. Le cul, c'est une chose. Les sentiments, c'en est une autre.

— Oui, je sais, tu me l'as déjà dit cent fois. Toujours ta grande théorie sur le sexe et l'amour. Les échangistes ne se trompent pas en cachette, parce qu'ils trouvent leur compte dans ce genre de soirées. C'est de la foutaise, tout ça ! Juste des combines de mecs qui cherchent à se donner bonne conscience et à tromper leur femme en toute impunité, rien de plus.

— Toutes les femmes de la soirée étaient consentantes, crois-moi. Et certaines même plus demandeuses que leur mari.

— Que tu crois ! Ça t'arrange d'avoir des œillères. En réalité, dans ce genre de soirées, c'est cent pour cent d'hommes consentants pour cinquante pour cent de femmes consentantes et cinquante pour cent de viols consentis par amour de l'autre. Jusqu'au jour où les victimes se réveillent…

Raymond éclata de rire.

— Tout de suite les grands mots !

Anne-Maude s'énerva et remonta à la hauteur de son mari en titubant. Ses yeux chargés d'alcool le fusillaient, le mascara coulait sur ses joues bronzées.

— Les grands mots ? Que dirais-tu si la prochaine fois que tu t'excites sur une greluche plastifiée comme tu les aimes, j'en envoie une autre derrière toi pour te défoncer le cul avec un gode-ceinture ?

— T'es sérieuse, là ?

— Tout ce qu'il y a de plus sérieuse. Pourquoi ça ne jouerait que dans un sens ? C'est toi qui m'as appris depuis le début qu'il n'y a aucun tabou, aucune limite dans ce genre de boîtes, non ?

— Je connais certes des types qui aimeraient ça. Mais pas moi.

— Eh bien voilà ! Figure-toi que, moi non plus, je n'aime pas. Jamais tu ne t'es soucié de savoir ce que j'appréciais ou non. Tes choix sont toujours dictés par ton propre plaisir…

Excédé par le comportement de sa femme, Raymond accéléra le pas et prit de l'avance. Elle redoubla d'efforts pour le suivre jusqu'à la caravane, mais l'alcool et ses pieds nus sur les graviers perturbaient son équilibre. Anne-Maude répétait en boucle les mêmes phrases, les mêmes reproches. Raymond détestait ça. Elle était ivre, il ne l'écoutait plus. De toute façon, le lendemain, elle aurait oublié leur dispute.

— Peut-être que tu devrais me quitter pour une jeunette, tu pourrais la remodeler selon tes désirs. Tu arriverais sûrement à la convaincre de se faire gonfler les lèvres, les seins et les fesses. Tu pourrais la parrainer et l'initier à ces soirées. Elle réaliserait tous tes fantasmes.

Au moment d'ouvrir la porte de la caravane, il se tourna vers sa femme et murmura sur un ton menaçant :

— Maintenant, bébé, tu la fermes ! Tu vas réveiller Maeva.

— Pourquoi ? rétorqua-t-elle, provocatrice. Tu as

peur que notre fille comprenne que son père est un enculé ?

La gifle partit, violente. Anne-Maude tomba sur la terrasse et se cogna le front contre le plancher. Elle resta quelques secondes au sol, groggy, puis se remit à pleurer. Quand elle releva la tête, une coulée rouge sur son menton s'était ajoutée aux coulées noires sur ses joues, du sang perlait de sa lèvre inférieure. Sans un mot, elle se releva, tituba, se rattrapa à la paroi de la caravane. D'un geste brusque, elle écarta Raymond pour passer devant lui et se précipita à l'intérieur. Sa seule envie était de serrer sa fille dans ses bras.

Maeva avait disparu.

15

Feu bleu allumé, mais sirène éteinte, la voiture de gendarmerie quitta Béziers au milieu de la nuit. Elle traversa l'Orb et emprunta la départementale 11 en direction de Carcassonne. Sur le siège passager, Gasquet était perdue dans ses pensées. En passant à proximité de l'étang de Montady, Darrieussecq lui demanda :

— Alors, Kojak t'a tapé dans l'œil ?

Gasquet la regarda, étonnée.

— De qui tu parles ?

— Du capitaine Roustan.

Gasquet n'avait pas compris l'allusion. Elles n'étaient pas de la même génération.

— Pardon, c'est vrai que tu n'étais pas née dans les années soixante-dix. Kojak est un célèbre flic de série télévisée. Il était chauve.

Intriguée, Gasquet tapota sur le clavier de son téléphone, lança une recherche Google et tomba sur des photos de l'acteur Telly Savalas.

— Pff, n'importe quoi ! Il est vieux, moche et ridicule avec sa sucette dans la bouche.

— Pourtant, je peux te dire qu'à l'époque les femmes

étaient toutes amoureuses de lui. Il avait une présence à l'écran et un charisme que tout acteur d'aujourd'hui pourrait lui envier.

— Mais il n'a rien à voir avec Roustan. Roustan, lui, il est…

— Beau ?

— Je n'ai pas dit ça. Enfin si, il est…

— Bref, il t'a tapé dans l'œil.

Gasquet sentit qu'elle piquait un fard.

— Je ne sais pas, il dégage quelque chose de particulier, d'inhabituel.

— Attention Amélie, tu es en train de tomber amoureuse. Remarque, on se marie souvent entre flics…

— Et on divorce souvent aussi !

Darrieussecq se rendit compte de sa bévue et s'excusa. Sa collègue lui avait confié qu'elle avait divorcé d'un gendarme à Paris, une sombre histoire qu'elle n'avait à l'évidence pas digérée et qui la plongeait encore de temps à autre dans la mélancolie. Un mariage furtif, un enfant désiré qui n'arrivait pas, l'abus d'alcool, de la violence domestique, une relation adultère. Gasquet ne lui avait pas donné de détails, mais le résumé suffisait à imaginer le tableau.

Elles passèrent à proximité de Capestang et suivirent la départementale. Les voitures s'écartaient pour leur laisser la priorité. Une quinzaine de kilomètres plus loin, elles bifurquèrent en direction du nord et ne croisèrent pratiquement plus personne. Après la traversée d'Aigues-Vives, le paysage devenait plus aride.

— Je n'ai pas voulu te blesser, reprit Darrieussecq après un interminable silence.

— Je sais, répondit Gasquet.

Perdue dans ses pensées, elle regardait les éclairs que le gyrophare lançait dans la garrigue et sur les vignes qui bordaient la route sinueuse. En contrebas, on devinait le lit asséché de la Cesse. Gasquet se tourna vers Darrieussecq en souriant.

— Tu nous imagines, Mme et M. Roustan, avec plein de petits marmots chauves ?

Darrieussecq éclata de rire.

— Dieu t'en préserve !

Devant elles, sur la droite, apparut à hauteur de la route la cité cathare de Minerve, légèrement éclairée sur son promontoire rocheux et cernée par les gorges des deux rivières.

— Et toi, ça va avec Marie ? demanda Gasquet, qui cherchait à rétablir le contact.

— Ce n'est pas la fête tous les jours, mais c'est comme ça, les vieux couples. Et tu connais Marie. Elle a un tempérament de feu. Explosive comme un baril de poudre instable. Elle est capable du meilleur comme du pire. Si je regarde un homme, ça ne lui pose pas de problème. Mais si je regarde une femme…

— Elle est jalouse ?

— Tu n'as pas idée.

Gasquet connaissait assez peu Marie. Elle ne l'avait vue que deux fois en coup de vent. Elle savait seulement qu'elle tenait une boutique de vêtements à Vias-Plage et que la situation sanitaire l'avait passablement affectée, financièrement et moralement.

— Un de ces quatre, il faudra que tu viennes boire un verre à la maison, proposa Darrieussecq.

— Je ne voudrais pas te causer de problèmes.

La conductrice sourit et bifurqua en direction du pont de Minerve. Un panneau précisait que la petite route n'était autorisée qu'aux seuls riverains.

— Avec toi, ce n'est pas pareil. Il n'y a aucun souci. Marie a compris que tu es cent pour cent hétéro. Elle t'apprécie bien, tu sais.

La voiture traversa le pont en pierre, tourna un peu dans les rues du village médiéval. Darrieussecq finit par trouver un chemin qui menait au lit de la Cesse. Un planton de gendarmerie était posté là, il s'effaça. Elles longèrent les contreforts du village, passèrent sous les arches du pont, suivirent le pied de la falaise et rencontrèrent un autre planton qui barrait l'accès piéton au bas de la rue de la Poterne. Il leur fit signe de continuer vers la rivière.

Darrieussecq gara la voiture sur la caillasse, à côté d'un autre véhicule de la gendarmerie. Elles continuèrent à pied sur une cinquantaine de mètres. À mi-chemin, elles entendirent des voix dans l'obscurité. À la verticale d'une vieille maison à flanc de falaise, quatre projecteurs sur des trépieds illuminaient un point central. Des rubalises rouge et blanc formaient un rectangle autour de la scène. Derrière les rubans plastifiés, trois de leurs collègues en uniforme se déplaçaient lentement, comme des ombres chinoises.

Au centre du cercle de lumière, entre galets blancs et tuiles cassées, il y avait un amas difforme de chairs, d'os et de sang.

16

Le train filait de nuit sur les étroites bandes de terre entre les étangs de la Sèche et de l'Ayrolle, quelque part entre Narbonne et Perpignan. Alexia hurlait de douleur et de terreur, mais ses hurlements ne faisaient qu'accroître l'excitation de ses bourreaux.

Au début, elle s'était débattue comme une furie, mais ses mouvements n'avaient fait que resserrer ses liens. Les lanières de tissu entamaient sa peau, ses extrémités étaient engourdies, elle ne les sentait presque plus.

Elle avait insulté ses agresseurs, leur avait dit qu'elle les dénoncerait à la police s'ils osaient seulement la toucher. Pour seule réaction, il y avait eu des rires moqueurs. Comprenant qu'elle était à leur merci, elle les avait suppliés de la détacher, de ne pas lui faire de mal, de la laisser partir. Elle ne dirait rien, elle le promettait.

Le premier des garçons lui répondit qu'il ne lui ferait que du bien et se vautra sur elle. Il la pénétra sans ménagement, la prit de longues minutes, malgré ses suppliques et ses pleurs. Puis, brusquement, il se retira en annonçant :

— Je n'en ai pas fini avec toi.

Et il laissa sa place au suivant.

Le deuxième la viola à son tour. Le premier revenait avec la bouteille de Midleton Dair Ghaelach, il lui saisit la mâchoire d'une main, serra ses doigts pour l'obliger à ouvrir la bouche et lui versa une lampée de whisky dans la gorge. Elle faillit s'étouffer, en recracha la moitié. Éclaboussé au visage, le deuxième garçon se retira en rigolant.

Puis le troisième, le quatrième et le cinquième ravagèrent son corps à leur tour. Arnaud ne participa pas au viol. Il restait à sa place, sur son canapé. Il ne faisait que regarder la scène, en continuant de se masturber lentement, sans précipitation. Il prenait son temps. Et du plaisir. Quand le cinquième garçon se retira, il leva son verre en direction d'Alexia.

— Bon anniversaire, salope !

L'adolescente pleurait silencieusement. Elle n'avait plus la force de crier ni de se débattre. Elle avait compris que c'était peine perdue. Ils étaient seuls, tous les sept dans ce maudit wagon. Le bruit du train avait couvert ses hurlements. L'espace entre deux wagons était hermétique. Elle ne pouvait rien faire pour échapper à ses violeurs.

Elle les connaissait tous. Ils avaient tous le même âge et venaient du même lycée d'Agde. À l'exception d'Arnaud, elle les avait tous éconduits quand ils avaient tenté leur chance avec la plus jolie fille de l'école. Elle ne comprenait pas pourquoi Arnaud avait fait ça. Il se leva de son canapé, s'approcha d'elle et lui caressa les cheveux.

— Je vois dans tes yeux que tu te poses beaucoup de questions, papillon. Ne t'en fais pas, je vais tout te raconter. Mais pas tout de suite. Il faut d'abord que tu leur donnes encore un peu de plaisir.

Il recula, elle le supplia, il revint avec le paquet de cocaïne.

— Tiens, ça va te détendre. Et qui sait, peut-être que tu apprécieras la suite.

Il prit un peu de poudre blanche sur le bout de son index et passa son doigt dans la bouche d'Alexia pour lui masser les gencives. Instinctivement, elle le mordit. Il cria de surprise et de douleur. Sa réaction fut immédiate, il lâcha le paquet de drogue et balança un violent coup de poing dans la mâchoire de la jeune fille. Elle lâcha prise.

— Putain, tu fais chier, papillon !

Arnaud regarda son doigt blessé, elle l'avait mordu jusqu'au sang. Il avait perdu son flegme. Nerveusement, il se baissa, ramassa la coke et vida le sachet dans la bouche d'Alexia. Elle s'étouffa à moitié, toussa plusieurs fois en provoquant de petits nuages de poussière blanche.

— Allez-y, les mecs ! lança-t-il dédaigneusement aux autres. Faites-vous plais' !

Les cinq garçons ne se firent pas prier, ils recommencèrent à tour de rôle. L'un après l'autre, ils s'abandonnèrent sur son visage en émettant des râles grotesques.

Quand ils eurent terminé, Arnaud se pencha vers elle.

— Maintenant, papillon, je vais te dire pourquoi tu es ici.

17

Avant leur entrée au service de l'État, jamais les deux gendarmes n'avaient imaginé ce qu'un corps humain pouvait endurer. Depuis, elles en avaient vu, des morts violentes. Darrieussecq plus encore que Gasquet.

Les images des corps les poursuivraient jusqu'à la fin, déchiquetés et incarcérés dans la bouillie métallique d'une voiture, laminés au bas d'un pierrier, enroulés comme de la guimauve autour d'un bras de foreuse, la tête explosée sous la roue d'un bus, des morceaux humains répandus le long d'une voie ferrée ou disséminés autour de la carcasse d'un avion bimoteur. À côté de ces morts-là, un coup de couteau ou l'impact d'une balle semblaient presque doux.

Dans le lit de la Cesse, Darrieussecq et Gasquet regardaient l'amas de sang, de chairs déchirées et d'os brisés, éclairé par les projecteurs de la gendarmerie. Au baromètre de l'horreur, ce corps-là dépassait tous ceux qu'elles avaient vus jusqu'ici. Il était tellement difforme qu'il ne ressemblait plus à celui d'un être humain. Il évoquait plutôt les restes d'une chose venue d'ailleurs, immonde et indéfinie, que le technicien d'un film de science-fiction aurait placés là pour tourner le vague *remake* de *The Thing* de John Carpenter.

Ce corps-là, dont on ne savait plus où étaient tronc, tête, bras et jambes tant ils étaient empêtrés les uns dans les autres, était trop inhumain pour inspirer le dégoût. Gasquet le regardait même avec une forme de fascination. Dans sa propre échelle de l'horreur, elle préférait toujours être confrontée à la mort sous toutes ses formes, plutôt qu'à l'homme qui va mourir, à l'homme qui est encore en vie et pour qui on ne peut plus rien faire. Elle avait vécu cette situation une fois sur les bords de Seine, du temps que la maire de Paris n'avait pas réservé la circulation des voies sur berge aux seules trottinettes. Elle se souvenait très bien de la scène, une voiture avait pris feu sous ses yeux, le conducteur coincé derrière le volant, fenêtre ouverte. Les hurlements de l'homme hantaient encore ses nuits.

— Tu crois vraiment qu'il est tombé de là-haut ? demanda-t-elle.

Darrieussecq leva les yeux. La falaise mesurait une quarantaine de mètres. En ajoutant la hauteur de la vieille maison de Camille Negrou, on atteignait peut-être cinquante mètres.

— Ça pourrait correspondre aux déclarations du témoin. Elle dit l'avoir vu passer devant la fenêtre de son salon. Mais j'ai été confrontée plusieurs fois à des accidents de montagne dans l'arrière-pays et, si ce n'est jamais très propre, c'est rarement aussi dégueu.

Elle se tourna vers un gendarme d'Olonzac et désigna la maison à flanc de falaise.

— Êtes-vous montés sur le toit ?

— Trop risqué. Un collègue va revenir avec un équipement de sécurité et on attend la PTS. Mais on a déjà filmé.

Il montra l'écran de son portable aux deux enquêtrices de la brigade de recherches. Le film avait été réalisé au moyen d'un drone équipé de la vision nocturne. Le point d'impact semblait correspondre aux déclarations du témoin. Une partie du toit était défoncée, côté vide. Des tuiles avaient éclaté, d'autres avaient glissé. Des éclaboussures sombres apparaissaient çà et là, du sang.

— Ça confirme, dit Darrieussecq, il n'a pas sauté du toit. Il est d'abord tombé sur le toit, puis il a chuté jusqu'ici.

— Mais comment est-il arrivé sur le toit ? demanda Gasquet.

— J'ai ma petite idée. La dernière fois que j'ai vu un cadavre dans cet état, c'était celui d'un parachutiste dont la voile ne s'est pas dépliée. Les fémurs lui étaient rentrés dans le corps jusqu'aux épaules.

— Un saut en parachute ? À poil et en pleine nuit ?

— Ou sans parachute. Il ne semble pas y avoir de sac dans cette bouillie. On l'a probablement aidé à quitter l'avion en plein vol. Ça expliquerait en tout cas le cri qu'a entendu le témoin. Un cri d'abord lointain, qui s'est rapproché jusqu'à l'impact.

Gasquet imagina la scène et conclut avec un petit sourire narquois :

— Eh bien, avec ce petit village perdu au milieu de la garrigue, c'est soit bien visé, soit pas de bol. Tout dépend si le meurtrier cherchait à atteindre Minerve ou à balancer le corps dans une région déserte.

Darrieussecq se tourna vers le gendarme d'Olonzac.

— Que vous a dit la PTS ?

— Qu'elle va arriver, mais qu'il faut être patients. J'ai compris qu'ils sont un peu débordés avec les événements de cette nuit. J'imagine que vous êtes au courant pour l'incendie de Béziers ?

— On en vient.

— Il y a aussi eu une tentative de meurtre au couteau à Valras et plein d'autres petits trucs dans les stations du bord de mer. Vivement que la saison estivale se termine et que les touristes rentrent chez eux.

— Je ne suis pas sûre que les commerçants partagent votre opinion, après cette saleté de virus qui a pourri l'été dernier. Mais c'est vrai que pour nous…

Darrieussecq désigna la rivière à sec.

— Avez-vous fouillé les alentours ou avez-vous seulement sécurisé la zone ?

— Nous ne sommes pas très nombreux. Et je doute sérieusement que vous trouviez quoi que ce soit en amont ou en aval de ce point. Tout s'est passé ici.

Elle se tourna vers Gasquet et lui fit signe de la suivre.

Elles remontèrent le lit de la Cesse en s'éclairant avec leurs lampes torches. Les galets crissaient sous leurs pas. Peu avant les grandes arches en pierre, la rivière formait un coude et passait sous un pont naturel creusé à même la roche. Le collègue d'Olonzac avait raison, elles ne trouveraient rien ici.

Elles firent demi-tour, dépassèrent la scène de crime et gagnèrent la confluence des deux rivières. À cet endroit, perchée sur son promontoire, Minerve formait un éperon rocheux qui rappelait la proue d'un navire. De l'autre côté du Brian, à sec lui aussi, Gasquet aperçut une grande forme noire qui se détachait dans le ciel étoilé, au sommet de la falaise opposée au village.

— Qu'est-ce que c'est ? demanda-t-elle, intriguée.

18

Le 15 juin 1210, Simon de Montfort encercla Minerve. Le vicomte de Narbonne l'avait appelé à la rescousse à la suite des raids menés par les hommes de Guilhem IV de Minerve dans la région. La cité cathare abritait de nombreux *parfaits* et *faydits*, des seigneurs et chevaliers dépossédés de leurs terres et de leurs fiefs par les croisés, qui avaient rejoint la résistance occitane.

Les gorges du Brian et de la Cesse rendaient tout assaut direct impossible. Le chef de la croisade divisa alors son armée en quatre corps et les plaça tout autour de Minerve. Il fit dresser des mangonneaux et des trébuchets, et durant douze jours, les armes de siège bombardèrent la cité.

Le maître mot d'un siège est le temps. On coupe chaque accès à la ville, on empêche toute entrée et toute sortie, et on sape le moral des assiégés par des bombardements bruyants et fracassants, ou en remplaçant parfois les pierres par des charognes, dans l'espoir de propager des maladies. Les réserves de nourriture et d'eau jouent un rôle essentiel. Simon de Montfort n'avait pas oublié que le blocage de l'accès aux puits avait provoqué la chute de Carcassonne. Sur la falaise opposée, à l'est de Minerve, le croisé avait orienté un gigantesque trébuchet, la Malvoisine, vers un chemin couvert qui permettait aux assiégés d'accéder à un puits protégé par une tour. Jour et nuit, il entreprit de détruire ce seul point d'eau de la cité.

La sécheresse guettait, il n'avait pas plu depuis le printemps et l'été était caniculaire. À moins d'un orage, la perte du puits entraînerait la chute de la ville.

Dans la nuit du 27 juin 1210, un petit groupe de Minervois tenta une sortie de la ville. À la faveur de l'obscurité, ils gagnèrent le lit de la Cesse et traversèrent la confluence des deux rivières à sec en profitant de la configuration du terrain et des arbustes pour échapper à la vigilance des sentinelles qui surveillaient Minerve depuis la falaise opposée. Munis de bois secs garnis d'étoupe et enduits de poix, ils entreprirent une périlleuse ascension.

L'ennemi dormait. Les assiégés éliminèrent silencieusement les guetteurs au moyen de leurs coutelas, puis mirent le feu à la Malvoisine. Mais un servant qui s'était écarté pour un besoin pressant donna l'alarme. Les soldats accoururent, le combat fut de courte durée, les Minervois croulèrent rapidement sous le nombre. Certains tombèrent sous les coups d'épée, d'autres se jetèrent de la falaise, trois d'entre eux se rendirent.

L'incendie fut éteint avant que le trébuchet ne subisse des dommages sérieux.

— Que fait-on des prisonniers, messire ? demanda le chevalier Robert de Mauvoisin, seigneur en Yvelines.

— La cité refuse de nous livrer les hérétiques, qu'elle reprenne donc ceux-ci, répondit Simon de Montfort.

On chargea la Malvoisine, les dents des rouages métalliques claquèrent à chaque tour de treuil, les cordes se tendirent dans les poulies, on bloqua la verge au moyen d'une cheville. Un servant installa la poche en cuir dans la rigole, puis des soldats amenèrent le premier prisonnier. Ils l'installèrent dans la poche, pieds et poings liés. L'homme comprit et voulut se débattre, mais il fut rappelé à l'ordre à la pointe de l'épée. Ses yeux emplis d'effroi, il respirait fort mais ne bougeait plus.

Dans la seconde qui suivit, un servant fit sauter la cheville d'un grand coup de maillet. D'un mouvement rapide, la verge pivota et reprit sa position verticale. Le projectile humain disparut dans la nuit, emportant avec lui un sinistre hurlement qui s'amenuisa et se tut au moment de l'impact sur un toit de la cité.

Sur ordre du chef des croisés, les soldats répétèrent l'opération à deux reprises, sous les regards horrifiés des défenseurs de la ville qui essayaient de deviner dans l'obscurité, à l'abri des murailles, le résultat de l'expédition nocturne de leurs compagnons.

À l'aube, le bombardement du puits reprit de plus belle. La tour finit par s'écrouler et le point d'eau fut enfoui sous les décombres. Les citernes de la ville étaient vides. La canicule durait, aucun orage ne vint au secours des Minervois. La soif, la maladie et le fracas incessant des bombardements finirent de les démoraliser.

La situation catastrophique des siens poussa Guilhem

de Minerve à négocier la reddition de la cité. Il était sur le point de signer un traité avec Simon de Montfort lorsque le légat du pape Arnaud Amaury, revenant de Toulouse, se présenta dans le camp des croisés.

— Je ne suis que le bras séculier et armé de l'Église, déclara alors Montfort. Je m'en remets aux ordres du clergé.

Moine et prêtre, Amaury n'osa pas prononcer la condamnation à mort des cathares. Le seigneur du château, les habitants et les défenseurs de la cité pourraient quitter librement la ville. Et même les hérétiques, à condition d'abjurer leur foi et de faire acte d'allégeance à Rome.

Une fois Guilhem de Minerve reparti transmettre à la cité les conditions de la capitulation, Robert de Mauvoisin protesta.

— Pardon monseigneur, mais les croisés sont venus jusqu'ici pour éradiquer l'hérésie. Ces cathares abjureront par crainte de la mort, et non par foi.

— N'ayez crainte, répondit le légat pontifical. Je crois que très peu se convertiront.

Le 22 juillet 1210, les portes de Minerve s'ouvrirent aux croisés. Cent quatre-vingts *parfaits* refusèrent d'abjurer. Sur ordre de Simon de Montfort, qui appliqua la sentence d'Amaury, ils furent brûlés sur un grand bûcher collectif dressé dans le lit de la Cesse, le premier d'une longue série. La légende rapporte que nombre d'entre eux se jetèrent volontairement dans les flammes et moururent sans crier.

19

Darrieussecq leva les yeux vers le sommet de la falaise, de l'autre côté du Brian, et devina la forme noire qui se détachait dans le ciel étoilé.

— Vous voyez l'ombre, et moi je contemple les astres. Chacun a sa façon de regarder la nuit, murmura-t-elle.

— Je te demande pardon ? s'étonna Gasquet.

— C'est du Victor Hugo.

Elles empruntèrent une petite passerelle sur la rivière et gagnèrent un escalier de pierre qui longeait la falaise et enjambait un surplomb. Sur l'autre rive de la gorge, Minerve dormait. De rares fenêtres étaient encore éclairées. Dans le lit de la Cesse, à la verticale de la maison de Camille Negrou, la scène de crime était toujours marquée par les projecteurs de la gendarmerie.

— Je n'ai pas voulu intervenir, tout à l'heure, dit Gasquet. Mais une chose m'a frappée, tu n'as même pas cherché à savoir si les collègues avaient identifié la victime.

— À quoi bon ? répondit Darrieussecq, essoufflée. Tu as vu l'état du corps ? Il faudra attendre que l'ADN ou les empreintes parlent. Ou peut-être la comparaison des empreintes dentaires, si tant est qu'il reste des dents.

Elles atteignirent le haut de la falaise. La forme noire leur apparut plus nette dans la nuit, une structure boisée triangulaire avec une sorte de grand mât tendu vers le ciel.

— Qu'est-ce que c'est ? demanda Gasquet.

— Une réplique de la Malvoisine, répondit Darrieussecq. La Malvoisine. Ou mauvaise voisine, c'est ainsi qu'on avait surnommé la catapulte de Simon de Montfort au temps de la croisade des Albigeois. Il avait placé ses chevaliers tout autour de la cité. Aimeri de Narbonne au nord, Guy de Lucy à l'ouest, Jean de Monteil au sud, chacun avec un mangonneau, une machine plus légère et moins précise. Mais grâce à la Malvoisine, Montfort a détruit le puits Saint-Rustique, ce qui a entraîné la capitulation de la ville.

— Eh bé, siffla Gasquet d'admiration. C'est toi que le juge d'instruction aurait dû mettre dans les pattes du capitaine Roustan, pas cette prof de fac.

— Je n'ai aucun mérite. Je suis de la région et mon père était féru d'histoires occitanes. Il m'en racontait chaque soir, quand j'étais petite.

Darrieussecq s'approcha du bord de la falaise et regarda en bas. Elle reprit :

— Imagine, Amélie, le premier bûcher collectif de la croisade, cent quatre-vingts cathares dont on dit que la plupart se seraient jetés eux-mêmes dans les flammes. Les gorges complètement illuminées, les cris, les flammes, la fumée, l'odeur, les brindilles incandescentes qui montaient vers le ciel… Cette nuit-là, la voûte céleste devait être embrasée d'or et de sang.

— Ouais, un peu comme Béziers la nuit dernière, dit Gasquet.

— C'est bien là où je veux en venir, répondit gravement sa collègue. Tu ne vois pas les morceaux du puzzle s'emboîter les uns dans les autres ? Une lettre anonyme au SRPJ de Montpellier annonçant une croisade contre le crime, un grand bûcher, une phrase historique en lettres de sang dans La Pairòla à Béziers, et maintenant la Malvoisine de Minerve.

Gasquet tourna la tête vers la réplique du trébuchet. Comme Darrieussecq avant elle, elle comprit.

— Parce que tu crois que… ?

Elle s'approcha de l'engin de siège, incrédule. Elle allait poser sa main contre la structure en bois, Darrieussecq cria :

— N'y touche pas !

Gasquet stoppa son geste. *Surtout ne pas compromettre la recherche de traces*. Elle s'excusa, recula et fit le tour de la machine. L'axe de jet était dirigé vers la cité. Elle imagina l'horreur de la scène.

— Tu crois qu'on devrait appeler Roustan ?

— Pas avant d'avoir une confirmation de la PTS. De toute façon, Kojak doit avoir fort à faire du côté de Béziers.

Darrieussecq sortit son téléphone et appela le collègue d'Olonzac resté vers la scène de crime. Elle lui posa plusieurs questions au sujet de la Malvoisine et des événements prévus à Minerve dans les jours à venir. Elle le remercia, raccrocha et se tourna vers Gasquet.

— C'est bien ce que je pensais. Tu vois ce bois clair ? Il est neuf. La catapulte vient d'être rénovée pour un spectacle médiéval. Pour le son et lumière, ils ont prévu de tirer à blanc ou avec des munitions inoffensives.

— Comme le corps d'un homme... Mais dis-moi, Solange, il doit falloir plusieurs personnes pour manipuler une telle arme, non ?

— Au Moyen Âge, oui. Un trébuchet pouvait compter jusqu'à trente ou quarante servants. Mais regarde ce système moderne de poulies. Les organisateurs du spectacle ont manifestement cherché à se simplifier la tâche. Avec une telle démultiplication des masses, un seul homme peut le faire.

L'attention de Gasquet fut attirée par un petit objet, posé dans la rigole de lancement. Elle l'éclaira.

— Et ça, c'est quoi ?

Une poupée blonde à la robe rose et aux yeux bleus semblait les regarder.

20

Les gendarmes de la compagnie de Pézenas arrivèrent au camp naturiste du Cap-d'Agde quarante minutes après le premier appel. Il y avait eu trois appels, deux incompréhensibles de la mère et un troisième beaucoup plus clair du gérant.

Quand il gara l'estafette à côté de la caravane des Tolzan, le sous-officier Bouchard, vieux gendarme grisonnant et bedonnant, se tourna vers l'élève gendarme Carré, qui l'accompagnait.

— Tu vas voir. C'est reparti pour un cortège de lamentations. Et ce sera encore nous les cons !

— On parle tout de même de la disparition d'une enfant, dit l'élève gendarme.

Elle ne supportait pas le caractère désabusé de Bouchard. Elle lui en voulait d'avoir pris son temps pour terminer le pastis que le patron d'une boîte de nuit de l'Île des loisirs leur avait offert. Elle n'avait pas touché au sien.

— Disparition, mon cul ! reprit Bouchard. La gamine s'est offert une petite escapade et, dans l'heure, elle va réapparaître comme par miracle. Papa et maman seront si contents qu'ils en oublieront de lui flanquer la raclée qu'elle mérite. Et nous, nous aurons perdu notre temps.

Ils sortirent de l'estafette et se dirigèrent vers la caravane. Partout dans l'obscurité, on voyait danser des faisceaux de lampes de poche et on entendait des appels, toujours le même prénom : « Maeva ! » Les campeurs et le personnel du village naturiste participaient à une battue improvisée. On fouillait les emplacements, sous les caravanes, dans les tentes, sur les aires de jeux pour enfants, sur la plage toute proche.

Bouchard avisa un homme qui tendait un verre d'eau à une femme en pleurs, sur un canapé extérieur. Il se présenta et demanda :

— Vous êtes le père ?

— Non. Je travaille ici.

— Et elle ? demanda le gendarme en désignant la femme en robe de cuir noir, qui pleurait la tête entre ses mains.

— C'est la maman, Anne-Maude Tolzan.

Bouchard avait sorti un calepin.

— La petite s'appelle comment ?

La mère releva la tête. Elle était défigurée par les coulées de mascara, ses yeux étaient injectés d'alcool et de colère.

— Les gens ne crient pas son nom assez fort ?

— Calmez-vous, madame. On va retrouver votre fille, je vous le promets. Vous auriez une idée de l'endroit où elle aurait pu aller ? Avait-elle des endroits de prédilection, des lieux où elle aimait jouer ?

Anne-Maude haussa le ton.

— Mais bordel ! Personne ne me croit quand je dis que Maeva n'aurait jamais quitté la caravane toute seule ! On l'a enlevée, bon sang ! On a enlevé mon enfant !

Ses larmes redoublèrent.

— Où étiez-vous quand elle a disparu ?

— J'étais avec mon mari, on est allés… boire un verre.

— En laissant votre fille toute seule ?

— C'est interdit ? Je ne vois pas où est le mal, ce n'était pas la première fois.

À l'évidence, Anne-Maude Tolzan ne croyait pas ce qu'elle disait.

— Est-ce qu'il y a des traces d'effraction sur la caravane ?

— Mais qu'est-ce que j'en sais ?! aboya-t-elle. C'est vous la police, pas moi. Faites votre boulot ! Retrouvez ma fille !

Elle s'effondra sur le canapé. L'élève gendarme Carré s'approcha de son supérieur et lui demanda tout bas :

— J'appelle la centrale pour faire signaler la gosse aux aéroports et aux frontières ?

— Trop tôt, répondit Bouchard.

— Plus tard, ce sera peut-être trop tard.

— Cette femme est ivre, le père n'est pas là et je suis persuadé que la gamine est perdue quelque part dans ce camp. Alors, inutile de tirer au canon sur les mouches.

— Je fais venir l'unité canine ?

— Tu peux déjà la préaviser.

Le sous-officier se tourna vers la mère.

— Où est votre mari, madame ?

— Je ne sais pas. On s'est engueulés et…

Elle passa un doigt sur sa lèvre fendue.

— C'est lui qui vous a fait ça ?

Elle hésita.

— Non, je me suis fait ça toute seule.

— On peut jeter un coup d'œil dans la caravane ?

Elle hocha la tête. Bouchard inspecta le tour de la porte. Il n'y avait pas de trace d'effraction. L'intérieur était complètement retourné, il y avait de la vaisselle cassée. Partout, des habits jonchaient le sol. Le gendarme invita la jeune aspirante à regarder, puis lui demanda de faire venir la mère de Maeva.

— Qu'est-ce qui s'est passé ? C'était comme ça quand vous êtes rentrés ?

— Non, répondit Anne-Maude Tolzan d'une petite voix. Je venais de m'engueuler avec mon mari, je suis entrée, j'ai vu que Maeva avait disparu. Alors, j'ai pété un câble et j'ai tout retourné pour la chercher.

Bouchard comprit que la recherche de traces était compromise. Il soupira, puis constata que toutes les fenêtres de la caravane étaient fermées.

— La porte était verrouillée quand vous êtes sortis boire un verre avec votre mari ?

— Nous n'allions tout de même pas séquestrer Maeva.

— Donc, elle aurait pu quitter librement la caravane ?

— Jamais elle ne l'aurait fait ! cria-t-elle. Bordel, mais qu'est-ce que vous ne comprenez pas dans cette phrase ? En tout cas, jamais elle ne serait partie sans Tara.

— Tara ?

La mère leur montra le petit lit de sa fille. Dans un coin, entre l'oreiller et la paroi de la caravane, gisait une poupée blonde à la robe rose et aux yeux bleus.

21

Alexia hurla de douleur. Une douleur mentale si forte. Tellement plus violente que toutes les douleurs physiques que lui avaient fait subir les cinq autres garçons. En quelques phrases, Arnaud venait de violer son âme et d'annihiler son existence.

— Tu vois, papillon, la vérité est parfois la pire des tortures.

Le train poursuivait son chemin dans la nuit, au rythme lancinant du bruit des roues à la jointure des rails. Les yeux d'Arnaud pétillaient de noirceur, il jouissait cérébralement à l'idée d'avoir fait souffrir Alexia plus encore que ses cinq camarades. Il sortit un couteau à cran d'arrêt, fit sauter la lame et coupa les liens. La jeune fille, en pleurs, se recroquevilla aussitôt sur le lit. Ses poignets et ses chevilles étaient engourdis, elle ne les sentait presque plus. Sans se relever, avec des gestes lents, elle desserra les bouts de tissu et frotta ses extrémités pour faire circuler le sang. Elle restait muette.

— C'est bon, les gars, dit Arnaud aux cinq autres. Chose promise, chose due, vous en avez eu pour votre argent. Maintenant, foutez-moi le camp !

Ils obéirent sans rechigner et changèrent de wagon. Alexia les regarda partir comme ils étaient venus, l'un après l'autre, à poil. Quand le dernier disparut, elle se redressa et s'assit au bord du lit. Ses cheveux étaient hirsutes, les larmes avaient dessiné de grosses coulures noires sur ses joues, la cocaïne blanchissait son nez et sa bouche et des traînées de sperme son visage.

— Ton père est une ordure, finit-elle par murmurer.

Arnaud lui sourit et but une gorgée de whisky.

— Le tien n'est pas mieux.

Alexia essuya son visage d'un revers de bras.

— Et maintenant, qu'est-ce que tu comptes faire de moi ? Tu vas me tuer ?

Il éclata d'un rire malsain.

— Te tuer ? Si j'avais voulu te tuer, je ne t'aurais pas détachée. Tu es libre. Je t'ai promis que ce train te ramènerait à temps chez tes parents, je tiens ma promesse.

— Et si je parle ?

Il haussa les épaules.

— De quoi ?

— De ce qui vient de se passer. Je pourrais vous dénoncer tous les six à la police.

— Libre à toi de le faire.

— Tu n'as pas peur d'aller en prison ?

— Bien sûr que non.

Elle se leva, faillit tomber à cause des fourmis qu'elle avait dans les jambes, se rattrapa in extremis à la tête du lit. Le sang lui cognait aux tympans, sa tête allait exploser. L'alcool et la drogue troublaient sa vision. Le décor tournait.

— Bien sûr que non, répéta Arnaud, parce que je n'irai pas en prison. Et les autres non plus.

— Le viol est un crime, et le crime mène en prison.

— Pour autant que tu portes plainte.

— Je le ferai.

— Et pour autant que tu es crédible.

— Pourquoi ne le serais-je pas ?

— Parce que ce train est un train libertin, papillon. Parce que la réservation de ce wagon a été faite à ton nom, parce que tu as bu assez d'alcool pour faire sauter l'éthylomètre de la police et parce que, dans quatre jours, tu auras encore des traces de coke dans le sang. Dans ces circonstances, qui la police et la justice croiront-elles ? Toi ? Ou les six mecs qui déclareront que tu étais consentante ? Et que diront les témoins ?

— Quels témoins ?

— Tous les mecs du lycée avec qui tu as couché. Et toutes les nanas dont tu as piqué le mec.

— Pourquoi témoigneraient-ils ?

— Parce qu'il faudra bien nous défendre d'une accusation injuste et que le tribunal voudra se forger l'idée la plus précise possible de la personnalité de la victime présumée. Nous ferons citer les témoins. Ainsi que tes parents.

Nue comme un ver au milieu du wagon, elle se remit à pleurer.

— Pourquoi mes parents ?

— Parce que avec les questions de nos avocats, nous leur ferons découvrir qui tu es vraiment. Tu imagines ta pauvre mère ? Les médias vont la détruire.

Alexia accusa le coup. Elle se pencha, ramassa ses

habits sur le sol du wagon et se rhabilla. Elle se sentait sale, prise au piège, impuissante. Quoi qu'elle décide, sa vie était ruinée.

L'esprit embrumé par les vapeurs d'alcool et la coke, elle se dirigea vers Arnaud, lui arracha la bouteille de whisky des mains et la finit au goulot. Puis elle tituba jusqu'au bar, en prit une autre au hasard et en vida la moitié.

La voir ainsi perdue arracha un sourire à Arnaud. Elle aggravait son cas, s'enfonçait dans l'impasse. Il comprit qu'elle ne porterait jamais plainte. De toute façon, il avait encore un autre joker : les images de la vidéosurveillance du cinéma et de la gare d'Agde, où on les voyait bras dessus, bras dessous, s'embrassant comme des amoureux.

— Hé ! papillon, si tu continues comme ça, je ne pourrai pas te ramener sur mon scooter.

Les yeux mi-clos, elle le fusilla du regard, vacilla et se rattrapa au comptoir.

— Me ramener ? balbutia-t-elle. Plutôt crever, espèce de gros malade !

Elle se dirigea vers un fauteuil, grimpa dessus et ouvrit la fenêtre du wagon. Le train roulait à pleine vitesse, l'air s'engouffra aussitôt. Elle allait vomir, Arnaud s'en amusa. Son expression changea quand il vit le corps d'Alexia basculer et disparaître dans la nuit.

22

François Vidal sirotait une *piña colada* au bar Chiringuito, sur la plage de Farinette. Les pieds posés sur une petite table en bois, il laissait ses pensées vagabonder. Le sable était encore tiède, la mer reflétait l'éclat de la lune, de petites vagues fouettaient les digues. À l'est de Vias-Plage, les phares rouge et vert du Grau-d'Agde clignotaient dans la nuit, signalant l'embouchure de l'Hérault.

Vidal redoutait la fameuse crise de la quarantaine. Des années durant, il en avait balayé l'idée. Des amis lui disaient y avoir succombé, mais il était convaincu d'y échapper. Jusqu'à ce soir. Il se rendait compte que l'écoulement du temps était l'ennemi de l'amour, que son désir pour les autres femmes augmentait. Il se demandait s'il sauterait le pas.

Avec le temps, dit-on, l'amour se modifie et se bonifie, il se consolide. Vidal y avait cru quelques années, mais maintenant il en doutait très sérieusement. Il n'aimait plus sa femme. Elle ne l'attirait plus. À vrai dire, il s'ennuyait et regrettait l'époque de l'insouciance.

Sa femme lui avait envoyé un texto. Leur fils à peine

majeur avait encore fait une bêtise. Une de plus. Mais quel ado n'en faisait pas ? Selon elle, c'était grave. Comme chaque fois, elle dramatisait. Comme la première fois qu'elle avait trouvé du cannabis dans sa chambre. Pour elle, tout était prétexte à paniquer. Vidal était las de ses réactions disproportionnées, il ne l'écoutait plus. Il n'avait même pas répondu à son message. Elle lui raconterait tout à l'heure, quand il rentrerait. C'était la dernière chose dont il avait envie.

Le goût de la noix de coco et de l'ananas mêlés de rhum sucrait ses lèvres. La douceur amère se mariait à sa solitude intérieure. Vidal se sentait ce soir-là désespérément seul. Il avait perdu de vue tous ses amis : travail, manque de temps, éloignement. Insensiblement, vautré sur son transat, il faisait le bilan de sa vie. Il avait vécu de belles choses, de moins belles aussi. Son mariage se situait quelque part là au milieu. D'ici à quelques années, leur fils unique quitterait la maison et ne laisserait derrière lui qu'un champ de ruines. La routine tuait sa famille à petit feu. Sauf que ce matin un étrange événement avait pimenté cette routine.

Vidal avait reçu un colis, un petit paquet avec un étrange objet à l'intérieur, sans lettre d'accompagnement. Il n'avait pas compris tout de suite ce que c'était. Il avait d'abord pensé à une erreur, puis une ombre avait petit à petit ressurgi du passé.

— Le fauteuil est-il libre ?

Vidal sursauta, tiré de ses pensées. Il leva la tête. Une

femme élégamment vêtue lui souriait en attendant une réponse.

— Oui… oui, bien sûr, balbutia-t-il. Je vous en prie…

Il s'attendait à ce qu'elle tire le fauteuil en bois un peu plus loin sur la plage, mais elle s'assit à côté de lui.

— J'ai perdu mes amis, dit-elle en affectant le désarroi.

— Vous n'avez pas de téléphone ?

— Je l'ai perdu aussi.

Elle poussa un rire de gorge un peu bête.

— Je peux vous prêter le mien, proposa Vidal.

— Je ne connais pas leurs numéros par cœur. Mais ce n'est pas grave. Ils ont dû aller au parc d'attractions et je déteste ça. Je préfère boire un verre sur la plage. Je peux me joindre à vous ?

Elle était directe, ce n'était pas pour lui déplaire. Discrètement, il retira son alliance et la glissa dans une poche de son pantalon.

— Avec plaisir. Qu'est-ce que vous prenez ?

— Comme vous.

Il commanda deux *piña coladas*. Et, sans transition, ce fut l'heure des présentations, Sandy, François. Ils trinquèrent, échangèrent quelques banalités. Elle était finement musclée, avec de petits seins pointant sous sa robe et de longs cheveux blonds, des yeux magnifiques. Vidal lui donnait difficilement un âge, peut-être la quarantaine, comme lui. Tout à fait son style, se dit-il, le genre libre et libérée, avec une histoire, à mille lieues des midinettes de dix-huit ans, provocatrices au premier abord, mais resserrant les cuisses à la première caresse.

— Vous êtes du coin, Sandy ?

— Non, de Haute-Savoie.

— Ah oui, vous avez un léger accent.

— J'espère qu'il ne va pas vous faire fuir ?

— Dieu m'en préserve.

— Dieu n'approuverait pas ce que vous avez fait tout à l'heure, dit-elle en souriant.

Il marqua son étonnement, elle montra la poche de son pantalon où reposait l'alliance, il se sentit confus.

— Ce n'est pas ce que vous croyez, se défendit-il maladroitement.

— Bien sûr que si. Mais ça ne me gêne pas, je suis ici pour m'amuser. Pas vous ?

— Pas vraiment. J'habite à Agde et je travaille toute la journée. Une agence immobilière à Vias.

Ils passèrent une petite heure à discuter, Vidal paya les consommations. Sandy lui proposa de marcher un peu, il accepta. Il n'avait pas envie de rentrer chez lui. Ils longèrent la plage jusqu'au Clôt, traversèrent un petit barrage anti-sel sur le chenal qui relie le canal du Midi à la Méditerranée. De l'autre côté, tout était sauvage. Il y avait une réserve naturelle avec des étangs et une plage sauvage, jonchée de troncs et de branches d'arbres charriés par l'Hérault. Ils continuèrent tranquillement au bord de l'eau, en direction de la Tamarissière et du Grau-d'Agde.

Ils étaient seuls, elle désigna deux structures en béton entre la mer et les étangs.

— Qu'est-ce que c'est ?

— Des anciens fortins de la Seconde Guerre mondiale.

— On y va ?

— Il n'y a rien de très intéressant.

— Pas grave, j'ai envie de baiser.

Elle lui prit la main et l'emmena vers les bunkers. Ils entrèrent, il faisait noir, ça sentait l'urine et les excréments. Elle ne releva pas et l'embrassa. Il était excité mais gêné par les odeurs.

— Tu ne voudrais pas qu'on aille dehors ?

Elle posa un index sur ses lèvres pour le faire taire, plongea une main dans son sac. Il imagina qu'elle y cherchait un préservatif. Elle lui demanda :

— Tu as reçu mon cadeau ?

— Quel cadeau ?

— Ce matin, dans ta boîte aux lettres.

Il se figea en repensant au contenu du petit colis.

— Qui es-tu ?

Il reçut une violente décharge électrique dans le cou et s'évanouit.

Dieu reconnaîtra
les siens

23

Le CHU de Montpellier abritait la plus ancienne faculté de médecine du monde occidental. Les premiers témoignages remontaient à l'an 1137, du temps où les cités marchandes construisaient des hôpitaux pour soigner les pèlerins sur le chemin de Saint-Jacques-de-Compostelle, de Rome ou de Jérusalem. En ces temps déjà, on redoutait qu'ils ne propagent de terribles épidémies.

Le CHU était réparti sur plusieurs sites, Lapeyronie, Saint-Éloi, Gui-de-Chauliac, Arnaud-de-Villeneuve, mais c'est au deuxième sous-sol du site principal que Darrieussecq et Gasquet avaient rendez-vous.

Elles n'avaient pas dormi depuis une trentaine d'heures, des cernes marquaient leur visage. La première chose qu'elles firent en arrivant fut de prendre un double expresso au distributeur. Puis elles descendirent, le Dr Boismenu les attendait dans une des deux salles d'autopsie.

Boismenu était l'un des quatorze médecins légistes du département de médecine légale et thanatologie du CHU, qui comptait aussi deux infirmières et deux psychologues. Les statistiques annuelles du département étaient éloquentes. L'unité de médecine légale clinique recevait en consultation quatre mille victimes de violences à l'hôpital de Lapeyronie et à l'antenne de Béziers, la plupart sur réquisition de la justice. L'unité de médecine légale mobile examinait trois mille gardés à vue. Et l'institut médico-légal pratiquait deux cents levées de corps et sept cents autopsies.

Le Dr Boismenu accueillit les deux gendarmes avec un petit rictus.

— Vous auriez pu économiser le déplacement, leur dit-il en indiquant une caméra.

— Qu'est-ce que c'est ? demanda Gasquet.

— Un système de vidéoconférence pour permettre aux policiers de suivre l'autopsie depuis leur bureau. Une première en Europe.

— Rien ne vaut le contact direct, marmonna Darrieussecq.

— Et l'odeur de la mort ?

Il leur tendit un tube de Vicks, elles en appliquèrent sous les narines. Ensuite seulement, il ouvrit le sac qui contenait la dépouille de l'inconnu de Minerve et chargea deux préparateurs de la placer sur la table en inox.

Dans un premier temps, on ne lava pas le corps et le légiste ne chercha pas à le déplier. Des photographies numériques furent prises à chaque étape de l'examen externe. Il dictait ses constatations au fur et à mesure dans un dictaphone.

— Il s'agit d'un homme de type occidental, méditerranéen. A priori, la soixantaine. Bien portant, avec des signes de surpoids. Abdomen adipeux. Pas de cicatrice ni de tatouage visible à ce stade.

Boismenu fit le tour de la table et poursuivit :

— Toujours sous réserve, le corps paraît entier. Il est frais, multifracturé, avec de nombreuses plaies cutanées ouvertes, les os apparents en de multiples endroits. On constate aussi des dermabrasions sèches, des râpés parcheminés, des lacérations et des ecchymoses rougeâtres dispersées. Les rigidités cadavériques sont inappréciables et les lividités cadavériques sont faibles. Aucune trace de vêtements.

Le légiste s'intéressa ensuite à la tête, à moitié enfoncée dans les épaules, partiellement apparente dans l'enchevêtrement d'une jambe et d'un bras.

— La tête est déformée, le visage non reconnaissable. La voûte crânienne présente un éclatement osseux, avec vaste plaie du cuir chevelu fronto-occipital, perte osseuse et accès à la cavité crânienne qui est vide. Entre les éclatements, on devine des cheveux grisonnants coupés court, avec une calvitie médiane. Sur le visage, des traces de barbe naissante, grisonnante aussi. La denture ne semble plus exploitable, de nombreuses dents manquent. Les yeux sont enfoncés, avec iris marron et pupilles serrées. Une oreille est déchirée, l'autre sans particularité. Partout, on palpe des fractures des structures du massif facial.

Boismenu enfonça ses doigts dans la chair entre les omoplates.

— Mobilité anormale de la nuque et du rachis, cervicales multifracturées.

Il demanda ensuite aux préparateurs de l'aider à retourner le corps pour avoir accès au dos.

— Cage thoracique affaissée, nombreuses fausses

mobilités au niveau des côtes, des omoplates et des épaules, bassin fracturé.

Et il posa le dictaphone.

— Eh bien, conclut-il à l'intention des deux enquêtrices de la brigade de recherches, la dernière fois que j'ai vu un corps dans cet état, c'était un parachutiste dont la voile ne s'était pas ouverte, pas plus que son parachute de secours. Il est en miettes.

Darrieussecq regarda Gasquet et sourit en pensant qu'elle était arrivée à la même conclusion. Le légiste devait faire allusion au même accident. Elle ignorait que le Dr Boismenu avait pratiqué l'autopsie à l'époque.

— Maintenant, reprit le légiste, nous allons déplier le corps. Si vous êtes sensibles au craquement des os, je vous conseille de sortir de la salle.

Elles déclinèrent, imaginant qu'il ne pouvait y avoir pire que la vue de ce corps difforme. Elles se trompaient. À chaque bruit sec, Gasquet sentit ses propres os se rompre comme du polystyrène expansé. Les frissons parcouraient son corps, elle eut une nausée.

Quand le corps déplié retrouva un semblant de forme humaine sur la table d'autopsie et que le thorax fut libéré, les lettres gravées dans la chair apparurent.

— Bon sang, qu'est-ce que c'est ? murmura Gasquet.

La réponse vint d'une voix qu'elles connaissaient. Trop concentrées sur le travail du légiste, elles ne l'avaient pas entendue entrer dans la salle d'autopsie.

— La signature de Dieu. Ou celle du Diable. Tout dépend dans quel camp vous êtes.

24

Avec la prise de Minerve, Termes et Cabaret, Simon de Montfort se rendit maître des vicomtés de Trencavel. En janvier 1211, une conférence se tint à Montpellier pour tenter de négocier la paix avec Raymond VI, qui n'avait que mollement combattu les cathares, et Raymond-Roger de Foix, qui avait ouvertement affiché son hostilité à la croisade. Arnaud Amaury exigea du comte de Toulouse qu'il démilitarise tous ses États. Celui-ci refusa et fut une nouvelle fois excommunié. La guerre avec Toulouse était déclarée.

Simon de Montfort jeta son dévolu sur la ville de Lavaur, important repaire cathare tenu par la châtelaine Geralda de Laurac, plus connue sous le nom de Dame Guiraude, et par son frère Aimery de Montréal, qui avait prêté allégeance au chef de la croisade après la chute de Carcassonne avant de se révolter et de rejoindre Raymond de Toulouse.

Les croisés attaquèrent Lavaur à la fin du mois de mars. Le siège dura un mois et demi, et fut une nouvelle fois marqué par des bombardements intensifs.

Le 3 mai 1211, jour de la Sainte-Croix, un chevalier vint prévenir Simon de Montfort.

— Messire, la chatte a atteint les remparts.

— Très bien, finissons-en !

Offrant une protection similaire à celle des béliers, la chatte était constituée d'un châssis sur roues et d'un toit triangulaire en bois, recouvert de peaux de bœuf fraîches et résistantes au feu. Abrités du contre-feu des assiégés, les sapeurs purent miner le mur de Lavaur, en creusant une galerie. Ils y introduisirent des poteaux enduits de poix et de soufre. Quand le tunnel s'effondra sous la violence des flammes, il emporta dans son affaissement une partie du rempart. Par la brèche ainsi ouverte, les croisés envahirent la ville. Submergés par le nombre, Aimery de Montréal et ses chevaliers *faydits* se rendirent. Dame Guiraude fut arrêtée et conduite devant Simon de Montfort.

— Geralda de Laurac, demanda le chef de la croisade, persistez-vous dans l'hérésie ?

La châtelaine le toisa d'un regard farouche.

— Ce n'est pas l'hérésie que vous combattez, messire Simon, ce sont nos terres que vous convoitez !

D'un geste, le croisé fit signe d'emmener la prisonnière. Elle fut violée par la soldatesque et, comme le raconte la *Chanson de la croisade*, « nul homme au monde, pour vrai le sachez, ne se sépara d'elle sans qu'il eût mangé ». Nue et souillée, elle fut ensuite jetée vivante au fond d'un puits et lapidée. Son corps disparut petit à petit sous les pierres que lui lançaient ses violeurs. Ainsi mourut Dame Guiraude, dont le cœur à protéger les faibles était encore plus grand que sa foi en la religion cathare.

Simon de Montfort envoya au bûcher quatre cents hérétiques. Il ordonna aussi qu'on pendît Aimery de Montréal et ses quatre-vingts chevaliers.

Un gigantesque gibet fut dressé, avec autant de cordes que de condamnés.

Retranché dans le château de Lavaur pendant l'exécution collective, le chef des croisés vit arriver un soldat paniqué.

— Messire, messire !

— Qu'y a-t-il ?

— Le gibet s'est écroulé. Il n'a pu supporter le poids de quatre-vingts hommes.

— Eh bien, répondit calmement Simon de Montfort, qu'à cela ne tienne ! Il y a mille façons de tuer. Servez-vous de vos coutelas.

Et ceux qui avaient survécu à la potence, dont Aimery de Montréal, furent égorgés un à un.

Plus lettré que ses autres comparses, le bourreau du châtelain grava sur le torse de sa victime le mot de l'infamie : *HAERETICUS*.

25

— Que faites-vous ici ? demanda Darrieussecq à Dominique Roustan.

Le flic chauve se tenait dans l'encadrement de la porte de la morgue.

— Ici, c'est un peu chez moi.

— Et Béziers, c'est un peu chez nous.

— J'ai appris pour Minerve et la Malvoisine.

— Les nouvelles vont vite.

Le ton de Darrieussecq était glacial, c'est le moins qu'on puisse dire, méfiant et défiant. Gasquet, elle, souriait. Elle regardait Roustan, bouche bée. Pour elle, le capitaine du SRPJ de Montpellier était une représentation incarnée de la statue d'Apollon qu'elle avait vue jeune fille, dans la Cour carrée, tout de suite à droite en entrant dans le Louvre par la Seine. À aucun instant elle ne pensa au gros flic de la série policière américaine des années soixante-dix dont elle avait oublié le nom.

— Et c'est très bien ainsi, répondit Apollon. Dans ce genre d'enquête, le temps joue contre nous.

Roustan salua tout de suite après le Dr Boismenu.

Visiblement, les deux hommes se connaissaient. Le capitaine s'approcha de la table d'autopsie et regarda le pantin désarticulé et sanguinolent. Il sortit son téléphone portable et montra la photo d'un homme au médecin.

— Selon toi, ça pourrait correspondre ?

— Je suis légiste, pas physionomiste. Et encore moins devin.

— Qui est-ce ? demanda Darrieussecq.

Roustan lui montra la photo, un homme grisonnant et bedonnant dans une rue de Béziers, elle avait dû être prise lors d'une observation policière.

— Serge Valadié, l'associé du Toulousain. Il a disparu depuis plus de vingt-quatre heures et son équipe ratisse la région pour le retrouver.

— Et cette inscription ? demanda Gasquet en désignant les lettres HERESIX gravées dans la chair.

— Comme je viens de vous le dire, une signature divine ou infernale, selon le point de vue. Le combat de l'Église contre l'hérésie, la lutte du Bien contre le Mal.

— Les cathares ne faisaient rien de mal, bougonna Darrieussecq. Pour eux, l'Église de Rome était une Babylone dégénérée qui faisait honte à la vraie foi. C'est tout.

— Le point de vue dépend souvent du camp dans lequel on est. Lorsque deux armées s'affrontent à mort, les soldats des deux camps ont l'impression de défendre une cause juste.

— La cause des cathares était juste, répondit Darrieussecq. Ils n'ont jamais voulu entrer en guerre contre le pape. Ils se définissaient comme des hommes bons, ils prêchaient le Bien. On les appelait *bonshommes* ou *parfaits*, ou *purs*, leur religion n'était qu'une autre manière de pratiquer le christianisme. Ça n'a rien à voir avec une croisade contre le crime.

— Tout dépend de quel crime on parle. De nos jours, certains voleurs et braqueurs se considèrent comme des Robin des Bois des temps modernes, certains trafiquants de drogue comme des entrepreneurs d'un monde en mouvement dans lequel tous les types de stupéfiants seront bientôt légalisés. Ils ne se considèrent que comme des redresseurs de torts ou des visionnaires d'un avenir proche, et ils ont une autre opinion du Bien et du Mal que ceux qui sont du côté de la loi en vigueur.

— Je veux bien entendre ce genre de discours, répondit Darrieussecq, passablement énervée. Mais tout de même, on parle ici d'une guerre contre l'exploitation criminelle du sexe, la prostitution et la pédophilie.

Roustan lui sourit.

— Et pourtant, je connais aussi des pédophiles convaincus que la loi actuelle est désuète et liberticide, et qu'une enfant de trois ans peut être demandeuse de plaisir sexuel…

— Et vous, docteur…, interrompit Gasquet, que cet échange stérile et provocateur, d'où le beau Roustan ne sortait pas grandi, avait visiblement agacée. Que pensez-vous de cette signature ?

Le Dr Boismenu savoura un instant le plaisir de pouvoir reprendre la parole et déclara :

— Je ne suis là que pour constater, pas pour penser. Je ne suis que médecin. Mais il me reste quelques notions de grec ancien et de latin, et je peux vous assurer que le mot « heresix » n'existe pas. *Heresis* ou *haeresis*, en revanche, oui. Avec un « s » et non un « x ». Chez les Romains, l'*heresis* ne recouvre aucune connotation péjorative. Ce terme désigne simplement l'ensemble des opinions qu'on professe. Ce n'est qu'au tout début du Moyen Âge que l'hérésie a été qualifiée de doctrine contraire à la foi. C'est tout ce que je peux vous dire. Au-delà de ça, trouver la signification du mot « heresix » et le pourquoi de ce supplice relève de vos compétences, pas des miennes.

— Vous parlez de supplice, continua Gasquet, ces lettres ont-elles été gravées du vivant de cet homme ?

— Trop tôt pour l'affirmer scientifiquement, l'autopsie ne fait que commencer. Mais au vu de l'intensité des saignements sur les bords des plaies, je suis prêt à le parier.

— Bref, intervint Darrieussecq, on a affaire à un taré qui confond catharisme et crime organisé. Est-ce à dire qu'on doit rechercher un prêtre de l'Église catholique ?

— Le « X » pourrait faire référence à la croix, supposa Gasquet.

— Ou à la pornographie, renchérit Roustan. Si cet homme est bien Serge Valadié, ça veut dire que sa mort est liée à l'incendie de La Pairòla. Et on navigue en plein monde du sexe.

Darrieussecq s'attarda dans la contemplation des lettres gravées, comme si elle attendait que la réponse lui saute aux yeux, et elle finit par murmurer :

— Le mot « sexe » fait partie des lettres composant le mot « heresix ». C'est peut-être une anagramme.

— *Ihr* signifie « votre » en allemand, dit Roustan. « Votre sexe » ? Ça n'a pas grand sens.

— En breton, *hir* veut dire « long », intervint Boismenu. « Long sexe » ?

Le légiste regarda le bassin fracturé et ce qui restait des parties génitales, il compléta avec un petit rire pincé :

— Je ne pense pas que ce soit la bonne anagramme.

— Il faut l'identifier en priorité, dit Roustan. Valadié est fiché au Faed et au Fnaeg. Tu peux t'en charger ?

— Bien sûr, répondit le médecin. Pour les empreintes digitales, je peux t'envoyer ça dans l'heure. Mais pour l'ADN, ça prendra un peu plus de temps.

— Vas-y déjà pour les paluches et envoie-moi un texto quand tu auras la réponse. Je les emmène déjeuner.

En entendant le mot « déjeuner », Gasquet jeta un dernier coup d'œil au cadavre et fit la moue. Elle n'avait pas faim.

26

Ils quittèrent le CHU de Montpellier en fin de matinée. Darrieussecq et Gasquet suivirent Roustan, qui devait brièvement rencontrer un collègue du SRPJ à Frontignan, puis ils remontèrent sur Balaruc et Bouzigues. Sur l'étang de Thau, les parcs à huîtres brillaient au soleil de midi et étiraient leur alignement presque parfait vers la ville de Sète et le mont Saint-Clair.

Les deux voitures longèrent la départementale 613 jusqu'à l'entrée de Mèze. Roustan se gara devant La Barque bleue, un petit restaurant en bordure de route, tenu par une famille d'ostréiculteurs. Les deux gendarmes l'imitèrent. Le patron les accueillit avec un sourire jovial, il connaissait Roustan et les installa dans une petite cour à l'abri des oreilles indiscrètes.

— Comme d'habitude, Dom ?

— Comme d'hab, avec un petit blanc dont tu as le secret. Mais autre chose que le picpoul de Pinet. Tu as ça en réserve ?

Le patron s'éclipsa quelques secondes en cuisine et revint avec une bouteille élégante au nom évocateur : « Nue » du domaine des Envies d'Ève.

— Côtes-de-thongue. Roussanne, vermentino, grenache blanc. Tu m'en diras des nouvelles.

Roustan approuva d'un hochement de tête.

— Et pour vous, mesdames ? demanda le patron.

— Tout dépend du « comme d'hab », dit Darrieussecq.

— Deux douzaines d'huîtres, n° 2 et n° 3. Elles ne sont pas du tout laiteuses, même si nous ne sommes pas dans un mois en « r ».

Darrieussecq hésita et finit par opter pour des moules gratinées à l'aïoli, car, en bonne Occitane, elle évitait les huîtres de mai à août. Gasquet ne les évitait pas, elle les détestait. La coquille laide avec, à l'intérieur, la bête, qui lui évoquait une grosse glaire verdâtre, l'idée de l'avaler vivante lui donnait des haut-le-cœur. Elle commanda une tielle sétoise.

Le patron disparut en cuisine, Darrieussecq demanda à Roustan, toujours un peu méfiante :

— Pourquoi on est ici ? Pour mieux avaler la pilule quand vous allez nous annoncer qu'après l'incendie de Béziers vous reprenez aussi l'affaire de Minerve ?

Le capitaine lui sourit et but une gorgée d'Ève avant de répondre.

— Le procureur souhaite que nous collaborions.

— Police et gendarmerie ?

— Que les choses soient claires, dit Roustan, le Dr Boismenu vient de m'envoyer un texto : le Faed a parlé, le mort de Minerve est bien Serge Valadié. Cette enquête est donc la mienne. Mais elle prend des proportions qui dépassent les compétences d'un seul service et mon petit doigt me dit que nous ne sommes pas au bout de nos surprises. Donc, la décision du juge d'instruction ne prête pas le flanc à la critique.

— Soit, conclut Darrieussecq. J'imagine que notre adjudant-chef est déjà au courant ?

— Il l'est.

— Comment se répartit-on les tâches ?

— Dans l'immédiat, on ne répartit rien. Vous m'accompagnez et on avisera le moment venu. À mon avis, il ne faut rien attendre des investigations techniques concernant l'incendie de La Pairòla. En revanche, nous avons une longueur d'avance sur le Toulousain et ses sbires. Contrairement à nous, ils ignorent que Valadié a été assassiné. Et tant qu'ils l'ignorent, ils n'iront pas faire le ménage dans sa planque.

— Où se trouve cette planque ?

— Une petite villa en bord de mer, proche du camp naturiste du Cap-d'Agde.

Darrieussecq comprit pourquoi ils étaient ici, à mi-chemin entre Montpellier et la célèbre station balnéaire. Roustan avait anticipé l'identification du mort de Minerve. La gendarme en déduisit que l'après-midi risquait d'être long et qu'il était préférable de ne pas l'attaquer le ventre vide.

— Vous avez un mandat de perquisition ?

— En bonne et due forme. Le procureur était trop heureux de le signer. Depuis le temps qu'il essaie de coincer Valadié…

— Ses empreintes étaient pourtant dans le Faed.

— Seulement pour de menus larcins. Jamais pour des trucs graves comme la prostitution, la pédophilie et la pornographie infantile. Valadié se chargeait de toutes les sales besognes du Toulousain. La gestion du réseau pédophile, c'est lui. L'engagement des putes aussi, de même que l'organisation de soirées échangistes dans des clubs, des demeures privées, sur des bateaux et même dans des trains spéciaux.

— Des trains ?

— Oui, des trains qui ne figurent sur aucun horaire officiel de la SNCF. Autant dire qu'il faut des relations haut placées pour ça.

Roustan se leva, s'excusa et se dirigea vers les toilettes. Gasquet le suivit des yeux, son regard s'arrêta sur ses fesses.

— Il est craquant..., murmura-t-elle en lâchant un soupir.

— Eh bien, profites-en ! rigola Darrieussecq. Une petite voix me dit que nous allons passer quelques heures en sa compagnie. Et peut-être plus si affinités.

Elles furent interrompues par des vibrations. Le capitaine du SRPJ avait laissé son portable sur la table. Gasquet jeta un coup d'œil indiscret sur l'écran.

« Dr Joëlle Bernat ». Probablement une collègue de Boismenu. Le portable sonna plusieurs fois. L'écran se remit en veille après quelques secondes.

Le patron apporta la commande. Le plateau d'huîtres prenait la moitié de la table. Gasquet afficha une moue dégoûtée.

— Comment peut-on manger ça ?

— Ne te plains pas, dit Darrieussecq avec gourmandise. Il paraît que c'est aphrodisiaque. Gare à tes fesses, ma belle !

Quand Roustan les rejoignit, Gasquet se sentit rougir. Un peu timide, elle osa :

— Désolée d'avoir été indiscrète, mais je crois que le CHU a tenté de vous joindre.

Il prit son portable et consulta la liste des appels manqués. Il lui sourit.

— Ce n'est pas le CHU, c'est mon médecin traitant. Rien d'urgent, je rappellerai plus tard.

Il leur souhaita bon appétit. Elles répondirent pareillement.

27

Le camp naturiste du Cap-d'Agde s'était transformé en fourmilière. Les recherches pour retrouver la petite Maeva Tolzan avaient duré toute la nuit, sans succès. Les battues se poursuivaient dans le soleil matinal, la zone de fouille avait été quadrillée de manière scientifique, des campeurs de toutes les nationalités apportaient leur aide, un hélicoptère tournait au-dessus de la plage et des dunes. Partout, on placardait déjà des avis de disparition avec la photo de l'enfant.

Accompagné de sa jeune élève gendarme, le sous-officier Bouchard était soulagé d'avoir passé la main à sa hiérarchie. Les journalistes avaient afflué, ils harcelaient déjà ses supérieurs. Quand les parents de Maeva apparurent, les caméras, les micros et les blocs-notes se dirigèrent vers eux.

— Cette conférence de presse est une mauvaise idée, bougonna Bouchard.

— Pourquoi ? demanda Carré.

— Parce que si c'est vraiment un enlèvement, le ravisseur saura qu'on a abandonné l'hypothèse de la simple fugue et qu'on le traque. L'enfant deviendra un trop grand risque pour lui et il voudra s'en débarrasser.

— Mais les parents ne peuvent pas rester les bras croisés en attendant que la police retrouve leur fille.

— C'est pourtant ce qu'on leur conseille dans ce genre de situations. Rameuter les médias est une très mauvaise idée.

Le discours du sous-officier était clair. Pourtant, l'élève gendarme Carré n'arrivait pas à en vouloir aux Tolzan. Ils avaient simplement réagi à l'inertie de la gendarmerie qui ne les avait pas pris au sérieux quand ils parlaient d'enlèvement. Elle pensa que Bouchard craignait peut-être que les Tolzan n'égratignent publiquement son image et celle de l'institution. Finir à la circulation pour un pastis de trop, à moins d'un an de la retraite, une sortie peu flatteuse.

Les visages de Raymond et d'Anne-Maude étaient marqués par l'épuisement et le désespoir. Il restait digne, légèrement en retrait. Elle tenait contre sa poitrine la poupée Tara. Face aux caméras, elle prit la parole, la voix tremblante.

— Nous vous demandons de nous communiquer toute information, quelle qu'elle soit, pour nous ramener Maeva saine et sauve. Nous voudrions aussi dire quelques mots à la personne qui détient Maeva. Maeva est une petite fille charmante, elle est gaie, drôle et très attentionnée. S'il vous plaît, dites-nous où elle est. Ou alors faites en sorte qu'elle soit en sécurité.

Le crépitement des appareils photo concurrençait

le chant de cigales. Exaspéré par le show médiatique, Bouchard prit Carré par le bras et l'entraîna un peu plus loin.

— Où est la brigade canine ? demanda-t-il abruptement.

— Sur la plage, je crois. Pourquoi ?

— Parce que, après l'enquête de voisinage qui n'a rien donné, l'étape suivante va être celle des perquisitions. Et je n'ai aucune envie de me taper toutes les caravanes et les maisons du camp au petit bonheur la chance. La presse est en train de mettre la pression non seulement sur le kidnappeur, mais aussi sur nos huiles. Après la hiérarchie, ce sera le tour des politicards. Crois-moi, si on ne retrouve pas très vite la gamine, on est bons pour des semaines de fouilles inutiles. Ils sont même capables de nous faire retourner toute la station. Tu sais quelle est la population du Cap en été ? Trois cent mille personnes contre vingt-cinq mille en hiver. Je te laisse imaginer l'ampleur de la tâche, alors que la petite est peut-être déjà en Espagne ou en Italie.

— Mais quel est le rapport avec les chiens ?

— Je ne crois pas à l'histoire des parents, mais je suis apparemment le seul. Ils mentent. Ils ont dit qu'ils étaient sortis boire un verre, mais personne ne les a vus sur les terrasses du camp. La mère prétend s'être blessée toute seule à la tête et on ne sait toujours pas où était le père quand on est arrivés cette nuit.

— Tu penses à quoi ?

— Je ne sais pas, tout est possible. Ils ont peut-être tué leur gamine.

— Tu déconnes ?

— Non. Je ne dis pas qu'ils l'ont assassinée, mais ils l'ont peut-être tuée involontairement, par accident. Du déjà-vu. Ils ont paniqué et planqué le corps avant de donner l'alerte. Regarde le père, il semble trop détaché, ses larmes sont du cinéma. Quant à la mère, elle était peut-être prête à tout balancer, mais il lui a remis les idées en place en la cognant.

— Et s'ils sont innocents ? Tu te rends compte de la gravité de l'accusation ?

— Les chiens peuvent nous aider. Regarde les parents, lui avec son pantalon de smoking et elle qui a l'air d'une pute. Ils n'ont pas eu le temps de changer de vêtements. S'ils ont enterré le corps de la gamine, les chiens peuvent nous aider à le retrouver.

— Ils se sont peut-être changés avant de sortir pour se fabriquer un alibi.

— Mais l'odeur du sang est tenace.

— Maeva n'a peut-être pas saigné.

— Peu importe, l'odeur de la mort est tenace, elle aussi. Nous avons des chiens dressés pour flairer le sang humain et d'autres pour flairer les cadavres. Va chercher un collègue de la canine, mais demande-lui la plus grande discrétion.

Carré s'éloigna de la conférence de presse et gagna la plage naturiste. La vie avait doucement repris, mais l'affluence restait timide. Essentiellement des touristes anglais et allemands qui ne participaient pas aux recherches. La jeune élève gendarme ignora la nudité de ces gens, mais elle ne put s'empêcher de juger les

Tolzan. Comment pouvait-on venir dans un tel endroit avec des enfants ? La philosophie naturiste n'avait rien de pervers en soi, mais au fil des années, l'endroit avait attiré de nombreux libertins. Et avec eux, une minorité de prédateurs sexuels. Les pédophiles, eux aussi, partaient en vacances. Carré jugea irresponsable le comportement des Tolzan, comme celui des nombreux parents qui délaissaient leurs enfants en bas âge pour aller boire un verre.

L'élève gendarme se dirigea vers la Baie des Cochons. D'ordinaire théâtre d'orgies sexuelles à ciel ouvert, l'endroit était désert. Il avait été évacué par les forces de l'ordre pour favoriser les recherches. La brigade canine opérait un peu en retrait dans les dunes. Un chien aboyait, des gendarmes accouraient. L'animal avait trouvé quelque chose.

28

La voiture de gendarmerie suivait le véhicule civil de Roustan. Depuis Mèze, ils avaient rejoint Marseillan, puis Marseillan-Plage, traversé la réserve naturelle du Bagnas et atteint le Cap-d'Agde. Ils étaient sur l'avenue des Contrebandiers quand Darrieussecq regarda les infos sur son portable et avisa Gasquet d'une nouvelle disparition.

— C'est arrivé quand ?

— Cette nuit.

— Décidément... Qui s'en occupe ?

— Les collègues de Pézenas.

Elles suivirent Roustan sur l'avenue de la Butte et contournèrent Port-Ambonne. La villa de Serge Valadié était proche de la digue, en bord de mer, au sud-ouest de la plage naturiste.

— Comment une ordure pareille a-t-elle pu se payer ce coin de paradis ? pesta Gasquet en admirant la vue.

Derrière une haie de lauriers-roses, une petite dune entremêlée de sable et d'arbustes séchés, puis la plage de sable fin, l'eau, l'horizon.

— Il se l'est payé avec la sueur des femmes et des enfants qu'il exploitait, répondit Darrieussecq.

— Au moins, il ne pourra plus en profiter.

— Le Toulousain ne tardera pas à lui trouver un remplaçant.

Elles descendirent de voiture, Roustan les rejoignait. Le capitaine du SRPJ avait conservé sa veste malgré la chaleur. Il affichait une paire de Ray-Ban et mâchait un chewing-gum.

— C'est toujours mieux qu'une sucette, murmura Darrieussecq.

Gasquet lui jeta un regard noir, mais elle n'eut pas le temps de répliquer. Roustan arrivait à leur hauteur.

— On y va ?

Sans attendre, il contourna la haie de lauriers, poussa un portail en fer forgé et pénétra dans la propriété. Elles le suivirent.

La villa n'était pas très grande, construite sur un seul niveau. Le vent salé attaquait les façades, la peinture n'avait pas été refaite depuis des années et le crépi partait en lambeaux. Hormis l'emplacement, rien ne rappelait le luxe de la résidence de Saint-Guilhem-le-Désert. Pas de piscine ni de jacuzzi. Aucun signe extérieur de richesse. Roustan en déduisit que soit Valadié n'avait pas le rang qu'on lui prêtait dans l'organisation du Toulousain, soit il dépensait son argent ailleurs que dans l'immobilier.

Un détail attira toutefois l'attention du policier : le site était sous alarme et l'œil d'une caméra était braqué sur eux. Il décida de jouer franc jeu et sonna à la porte d'entrée. Sans surprise, les secondes s'égrenèrent, silencieuses. Puis il y eut un bruit sec qui provenait de l'intérieur. Ils attendirent encore un moment, Roustan sonna à nouveau, le bruit se répéta. Il se tourna vers les deux gendarmes, posa son index sur ses lèvres, puis sortit son arme. Darrieussecq et Gasquet l'imitèrent. Il actionna la poignée de la porte, elle était verrouillée. Ils firent le tour de la villa, trouvèrent une porte-fenêtre sur la terrasse.

— Qu'est-ce qu'on fait ? demanda Gasquet.

— Aucune envie d'attendre un serrurier, répondit Roustan. De toute façon, je doute que l'alarme soit reliée à une agence de sécurité officielle et, si les caméras fonctionnent, on nous observe depuis notre arrivée.

D'un coup sec de la crosse de son pistolet, il ouvrit une brèche dans la vitre, nettoya grossièrement les éclats, glissa sa main dans l'ouverture et tourna la poignée. Aucune alarme ne retentit. Il fit coulisser la fenêtre et ils entrèrent. Des éclats de verre crissaient sous leurs chaussures.

— Il y a quelqu'un ? appela Roustan. C'est la police.

Aucune réponse. Seul un lointain brouhaha venu de la plage, porté par la brise de mer. Ils s'avancèrent, salon, salle à manger et cuisine ouverte. Tout était propre, rangé, sans fioriture ni signe de vie particulier. On aurait dit une maison de vacances attendant les premiers locataires de la saison.

— Eh bien, souffla Darrieussecq, soit Valadié ne vivait pas ici, soit il a une femme de ménage consciencieuse.

Le bruit sec se reproduisit, comme un coup métallique sur la tuyauterie. À côté de la porte d'entrée, trois autres portes donnaient sur le hall. Deux étaient ouvertes sur une chambre à coucher et une salle de bains. La troisième était fermée. Roustan s'en approcha et actionna la poignée, elle était verrouillée.

Il se tourna vers les deux gendarmes, haussa les épaules comme pour s'excuser de ce qu'il allait faire, puis envoya un grand coup de pied au niveau de la serrure. Le bois craqua, la porte s'ouvrit d'un coup sur un escalier qui descendait dans l'obscurité.

Roustan tâtonna dans le noir, trouva l'interrupteur. Au pied des marches, une ampoule éclaira une cave. Les trois enquêteurs descendirent l'un derrière l'autre, pas à pas, armes prêtes à l'engagement. L'endroit était entièrement bétonné et sentait l'humidité. Quelques étagères métalliques, vides. Deux portes renforcées et un jeu de clés qui pendait à un crochet.

Ils ouvrirent la première porte sur une pièce plongée dans le noir. Interrupteur, lumière rouge tamisée. Un grand lit au milieu de la salle. Tout autour, des trépieds, des caméras, des appareils photo, des projecteurs et des flashs. Dans un coin de la pièce, des écrans et du matériel de visionnage. Au mur, une étagère de DVD et de vieilles cassettes VHS. Sur chaque boîtier, un simple prénom. Masculin ou féminin.

Ils ressortirent et ouvrirent la seconde porte. Immédiatement, une odeur de transpiration, d'urine et d'excréments envahit leurs narines. Une lampe de chevet diffusait une faible lueur dans la pièce exiguë. Dans la pénombre, des yeux effrayés se braquèrent sur eux. Des petits yeux globuleux dans lesquels on pouvait lire l'angoisse et l'incompréhension. Cinq enfants nus, affamés, déshydratés, de plusieurs origines, d'âges différents mais jamais plus de neuf ou dix ans, les regardaient en silence.

29

Au terme de la conférence de presse, Anne-Maude et Raymond Tolzan furent arrêtés sous les yeux ébahis des journalistes. On les conduisit séparément à Pézenas, où ils furent placés en garde à vue et interrogés à tour de rôle.

Bouchard choisit de commencer par la mère de Maeva, qu'il sentait plus fragile que le père. Carré s'assit derrière l'ordinateur tandis que le sous-officier préféra rester debout. Il tournait autour de la suspecte en pleurs comme un vautour autour de sa proie.

— Reprenons, vous voulez bien ? Si j'ai bien compris, Maeva a échappé une première fois à votre vigilance hier après-midi. C'est ça ?

Anne-Maude soupira, elle avait déjà raconté toute l'histoire. Ce flic insistait, il cherchait des incohérences dans son récit. Elle ne lui ferait pas ce plaisir, elle n'avait rien à se reprocher.

— C'est ça. Nous étions sur la plage. Raymond dormait, je lisais.

— Quel livre ?

— En quoi est-ce important ?

— C'est nous qui posons les questions.

Elle avala un sanglot, soupira.

— *L'Amant* de Marguerite Duras.

— Quel chapitre ?

— Pff, c'est débile comme question.

— Répondez.

— Je ne sais plus. Je me souviens que Maeva est venue demander une glace. Je lui ai dit de patienter et je lui ai remis une couche de crème solaire.

— Et ensuite ?

— Elle est repartie au bord de l'eau, où elle avait laissé sa pelle et son seau. Je me suis replongée dans ma lecture et, quand j'ai relevé les yeux à la fin du chapitre, Maeva avait disparu. J'ai paniqué et j'ai réveillé Raymond.

— Comment a-t-il réagi ?

— Calmement au début. Il m'a dit de ne pas m'inquiéter, qu'elle ne devait pas être loin. Puis l'angoisse l'a gagné lui aussi. Il m'a reproché de ne pas avoir mis les brassards à Maeva. On l'a cherchée dans l'eau, mais on ne l'a pas trouvée. Alors, on s'est séparés et chacun est parti de son côté sur la plage. J'ai marché jusqu'à la digue de Port-Ambonne en criant le nom de ma fille. Constatant mon état, des gens me demandaient ce qui se passait. J'étais en pleurs.

— Et quand vous êtes revenue vers votre emplacement, Maeva était là avec son père ?

— C'est ça.

— Votre mari vous a dit où il l'avait retrouvée ?

— Vers la Baie des Cochons.

— A-t-il précisé où exactement ?

— Non.

— Maeva a-t-elle fait des rencontres sur cette partie de la plage ?

— Je ne sais pas. Elle n'a rien dit, Raymond non plus.

— Donc, tout était revenu à la normale ?

— Oui. Nous étions soulagés. Nous sommes rentrés à la caravane, nous nous sommes douchés. J'ai coupé une pastèque. Maeva adore la pastèque. Pendant qu'elle mangeait et que son père était sous la douche, je lui ai dit qu'elle ne devait plus jamais s'éloigner de nous comme ça, sans nous le dire. Elle sentait que j'étais terriblement inquiète et elle a pleuré.

— Elle ne vous a toujours pas dit ce qu'elle aurait fait ou vu à la Baie des Cochons ?

— Non.

— Et ensuite ?

— J'ai préparé le dîner. Ou plutôt l'accompagnement du dîner. Tomates, mozzarella et salade verte. Raymond s'est chargé du gril, on avait acheté une côte de bœuf. Puis Maeva a eu droit à sa glace et nous l'avons mise au lit vers vingt et une heures.

— C'est tôt pour des vacances.

— Elle n'a que trois ans.

— Et puis, vous êtes sortis boire un verre ?

Bouchard sentit le malaise dans les yeux d'Anne-Maude Tolzan.

— Pas exactement…, murmura-t-elle en baissant la tête.

— C'est pourtant ce que vous avez déclaré à plusieurs reprises depuis cette nuit.

— Parce que la vérité est un peu plus gênante.

— Plus gênante que d'abandonner un enfant de trois ans pour aller boire un verre à plusieurs centaines de mètres de votre caravane ?

Elle mordillait ses lèvres, jouait nerveusement avec ses doigts.

— Raymond voulait que nous sortions en boîte.

— Boîte de nuit ?

— Boîte à cul ou club échangiste, appelez ça comme vous voulez.

— C'est pour ça que vous avez utilisé votre carte de crédit dans une boutique de fringues à cette heure tardive ?

— Oui. Raymond ne me trouvait pas assez sexy. Il fallait que je plaise.

— À lui ?

— Aux autres aussi.

— Aux autres ?

Anne-Maude s'énerva.

— Ben oui, quoi ! Aux autres ! À tous ceux qui allaient me baiser pendant que mon mari se tapait d'autres pouffes sous mes yeux !

Elle s'écroula en pleurs sur la table de la salle d'interrogatoire. Bouchard profita de la brèche pour enfoncer le clou. Il frappa du poing devant elle. Le coup violent fit sursauter l'ordinateur, et la jeune aspirante avec.

— En réalité, madame Tolzan, n'avez-vous pas fabriqué cette histoire de toutes pièces pour avoir un alibi ?

— Je ne vois pas de quoi vous voulez parler…

— Je vais être plus clair : n'avez-vous pas tué votre

enfant et enterré son corps dans les dunes de la Baie des Cochons, avant d'appeler la police pour faire croire à un enlèvement ?

— Mais non ! aboya-t-elle en relevant des yeux emplis de haine. Bien sûr que non ! Je vous interdis ! Comment osez-vous ?

Bouchard abattit une photo devant elle.

— Et ça ?

— On voyait un trou dans le sable et un pyjama d'enfant. Pas de corps. Anne-Maude reconnut le pyjama de sa fille. Il était taché de sang. Elle se mit à hurler.

— Qu'est-ce que c'est ? Où l'avez-vous trouvé ? Où est Maeva ?

Elle se leva brusquement, tourna dans la pièce comme un lion en cage, se mit à hurler des mots incompréhensibles, devint incontrôlable. Le sous-officier voulut la rasseoir de force, mais il n'y parvint pas. Elle lui donna un violent coup de poing au visage, il faillit tomber. D'autres gendarmes qui suivaient l'interrogatoire derrière une glace sans tain firent irruption dans la salle. Ils maîtrisèrent la suspecte et la ramenèrent en cellule.

— Ça va ? demanda Carré.

Bouchard se tenait la mâchoire et la faisait bouger de gauche à droite, comme pour la remettre en place.

— Oui. Je crois que tu peux faire venir le père.

— Tu ne veux pas faire une pause ?

— Non. Il faut battre le fer tant qu'il est chaud.

L'aspirante était sur le point d'aller chercher le père

de Maeva quand leur adjudant-chef entra dans la salle d'interrogatoire.

— Ce ne sera pas nécessaire, annonça-t-il. La petite est vivante.

— Où est-elle ? demanda Bouchard, surpris.

— Au CHU de Montpellier. Une ambulance vient de l'y conduire en urgence. Un promeneur l'a découverte, nue et blessée, errant dans la réserve naturelle du Bagnas.

— Qu'est-ce qui s'est passé ? demanda Carré.

— Le salopard qui l'a enlevée a dû penser qu'elle était morte, mais il ne l'a pas enterrée assez profondément. Peut-être qu'il a été gêné en plein travail. La nuit, les dunes sont aussi fréquentées par les libertins. Le corps de la fillette était recouvert de sable, elle en avait partout, dans les cheveux, les yeux, le nez, la bouche et les oreilles. Mais surtout, ce salopard lui a fait ça !

L'adjudant-chef jeta une photo sur la table. On y voyait de la peau rosée, des organes apparents et du sang.

— Nom de Dieu ! s'exclama Bouchard. Mais qu'est-ce que c'est ?

— Une petite fille violée qui dégueule ses intestins par l'anus, répondit son supérieur.

Carré regarda la photo. Elle porta aussitôt les mains à sa bouche et vomit sur les chaussures de Bouchard.

30

Roustan avait appelé ses collègues des mœurs. Ils avaient pris en charge les enfants, aucun ne parlait le français, on avait fait venir des interprètes et une armée de médecins et d'ambulances pour les conduire au CHU de Montpellier. Puis les enquêteurs avaient laissé la villa de Serge Valadié aux techniciens de la PTS. En accord avec ses collègues des mœurs, Roustan avait emporté des cartons de DVD et de cassettes VHS.

En partant, Darrieussecq avait proposé à Gasquet et Roustan de passer boire un verre chez elle. Gasquet n'était pas emballée et ne rêvait que de retrouver son lit, mais sa fatigue s'était évanouie quand le capitaine de police avait immédiatement accepté. Il est vrai que Darrieussecq avait su trouver les mots pour le convaincre.

— J'ai un vieux lecteur VHS. Je suis sûre que vous n'en avez plus au SRPJ.

La perspective de boire une bière en regardant des vidéos pédopornographiques n'emballait pas spécialement

Roustan, mais il savait qu'il n'y couperait pas. Tôt ou tard, il devrait toutes les visionner, l'une après l'autre. Des heures d'images insoutenables à analyser et à référencer. En plus, Darrieussecq avait raison, il allait falloir courir après un lecteur VHS. La gendarme lui proposait une solution sur un plateau, autant ne pas perdre de temps.

Darrieussecq vivait avec son amie Marie dans une vieille maison en pierre, place de l'Arbre-de-la-Liberté, au cœur du village de Saint-Thibéry, en face de l'abbatiale. Elle les reçut dans une petite cour intérieure abritée sous un actinidia. Les branches torsadées s'étaient enroulées autour de fils de fer tendus à travers la cour, les kiwis pendaient au plafond de verdure.

— Vous avez le choix entre bières belges et bières belges ! leur annonça Darrieussecq. Navrée, mais Marie et moi, nous ne buvons que ça.

Elle déposa sur la grande table dehors un choix de bouteilles et de verres assortis, Leffe triple, Chimay bleue, Saint-Feuillien Grand Cru, Chouffe, Corne du Bois des Pendus, Westvleteren. Aucune ne tirait à moins de huit degrés d'alcool.

— Tu veux nous achever ? demanda Gasquet en rigolant.

— Crois-moi, nous en aurons besoin tout à l'heure, devant la télé.

Ils profitèrent des dernières lueurs du jour, parlèrent de leur boulot de flic, de leurs expériences et d'anecdotes saugrenues. Darrieussecq était la seule native de l'Hérault, une vraie casanière, elle n'avait jamais bourlingué. Gasquet mentionna sa vie parisienne, le bruit, la crasse, les rues dégueulasses, les gens qui gueulent, qui insultent, qui veulent casser du flic. Elle ne regrettait pas sa mutation dans le Midi.

Le parcours de Roustan était plus atypique. Par sa mère, il avait la double nationalité et avait fait l'école de police en Suisse, non loin de la petite ville de Neuchâtel. Ensuite, il avait fait convertir son brevet de policier pour pouvoir exercer en France. Il avait commencé lieutenant à Besançon, puis était monté dans la hiérarchie en passant par Annecy, Rennes et Nancy, avant de finir à Montpellier trois ans plus tôt.

Gasquet buvait ses paroles et, quand il se leva pour saluer l'arrivée de Marie, Darrieussecq mima discrètement sa jeune collègue, bouche ouverte avec de la bave aux lèvres. Gasquet lui renvoya un regard qui signifiait aimablement : mais qu'est-ce que tu peux être conne !

Darrieussecq se leva à son tour et embrassa son amie. Marie était plus jeune qu'elle et beaucoup plus fine. Elle avait l'air fatigué et n'était visiblement pas enchantée de recevoir du monde à la maison.

— Tu rentres tôt, amour. Tu as déjà fermé la boutique ?

— C'est Fred qui s'en charge. Je lui ai dit que j'étais crevée.

— Vous avez eu du monde ?

— Y a toujours du monde à Vias-Plage.

Marie déclara qu'elle avait besoin d'une douche, s'excusa et les laissa.

Ils passèrent de la cour au salon, s'installèrent sur les canapés et commencèrent à visionner les cassettes VHS. Les DVD et autres supports numériques attendraient le commissariat. Les images étaient vieilles, floues pour certaines, carrément rayées pour d'autres. Mais les victimes étaient parfaitement identifiables. Aucune n'avait la majorité sexuelle, c'était une évidence. Toutes les pratiques sexuelles y étaient déclinées. On ne voyait jamais le visage des bourreaux, ils étaient cagoulés.

En robe de chambre, ses longs cheveux blonds emballés dans une serviette, Marie arriva dans le salon à l'improviste. Elle tenait une bière à la main et une cigarette dans l'autre. Il y avait un plan serré à l'écran, elle ne saisit pas tout de suite la situation. Elle regarda Roustan d'un air coquin et lâcha :

— Alors petit filou, on mate un film de cul sans moi ? Solange et moi, on n'est pas contre une bite de temps en temps.

Darrieussecq se retourna, fusilla Marie du regard et dit sèchement :

— Ce n'est pas ce que tu crois !

À l'écran, le plan s'élargissait. Marie pâlit en comprenant sa méprise.

— Je suis désolée…

L'intervention de Marie avait jeté un froid glacial dans la pièce. Darrieussecq stoppa la lecture de la vidéo. Roustan se leva, afficha un sourire gêné et dit :

— Tout compte fait, ce n'était pas une bonne idée. Je vais vous laisser. Nous reprendrons ça demain matin au bureau. Vous vous chargez d'apporter le lecteur et les cassettes ?

Darrieussecq acquiesça. Elle était furax contre son amie, mais se contenait. Gasquet annonça qu'elle suivait le mouvement et se leva. Ils se quittèrent dans une ambiance un peu pesante. Marie renouvela ses excuses, Gasquet et Roustan firent l'effort d'en rire.

Sur la place de Saint-Thibéry, Gasquet fit une tentative d'approche au moment de dire au revoir à Roustan. Elle lui proposa maladroitement de poursuivre la soirée chez elle. Le policier n'était pas dupe et déclina l'invitation. Elle osa le tutoiement.

— Je ne mords pas, tu sais ?

— Je n'en doute pas, tu es une fille charmante. Mais…

— Mais ?

— Je sors d'une intervention chirurgicale. Vasectomie. Il m'est interdit de…

— Je vois, coupa Gasquet, déçue.

Elle se souvint de l'appel que Roustan avait reçu de son médecin traitant à La Barque bleue et comprit. Elle lui sourit bêtement. Elle allait lui mentir, lui dire que ça tombait bien, qu'elle ne voulait pas d'enfants, qu'elle et lui ce n'était que partie remise, que tout ce qu'elle cherchait, c'était une relation simple, sans prise de tête. Les mots fusaient dans sa tête, mais ne voulaient pas sortir de sa bouche. Elle cherchait comment rompre ce silence si gênant quand ils entendirent des éclats de voix qui venaient de chez Darrieussecq. Quelques secondes plus tard, ils virent Marie débouler en pleurs sur la place de l'Arbre-de-la-Liberté et disparaître au coin d'une rue sans les voir.

— Je crois que nous avons tous besoin d'une bonne nuit de sommeil, conclut Roustan.

31

Les nocturnes de Pézenas touchaient à leur fin. La ville de Molière s'apprêtait à fermer boutiques et échoppes pour la nuit. Le lendemain se poursuivrait la Mirondela dels Arts, avec une représentation du *Malade imaginaire* au Théâtre de verdure. À Pézenas, Molière était partout. Comme disait Marcel Pagnol : « Jean-Baptiste Poquelin naquit à Paris en l'an 1622, mais c'est à Pézenas, en 1650, que Molière est né. »

Olivier Botella ferma son atelier de poterie à minuit. Les autres commerçants l'avaient précédé d'une demi-heure. Les touristes venus en masse s'étaient rabattus sur les terrasses de la place Gambetta, au cœur de la vieille ville, ou sur la place du 14-Juillet pour boire un dernier verre.

Depuis ce matin, Botella n'avait pas l'esprit tranquille. Il avait reçu un étrange colis dans sa boîte aux lettres. Son contenu avait fait ressurgir un passé qu'il aurait préféré oublier. Mais la mémoire ne s'effaçait pas sur commande et certains souvenirs hantaient sa vie.

Quand il avait vu le petit objet dans le paquet, Botella avait tout de suite compris. Quelqu'un savait ce qu'ils avaient fait. Il avait appelé François Vidal et les autres, sans succès. La femme de Vidal lui avait répondu que François n'était pas rentré de la nuit, qu'elle n'arrivait pas à le joindre et qu'elle hésitait à appeler la police. Botella l'en avait dissuadée, mais quand elle avait senti son inquiétude, elle lui avait répondu qu'elle s'accordait jusqu'à midi pour réfléchir. À cette heure, elle avait dû signaler la disparition de son mari. Botella n'aimait pas ça, même si, plus encore que les flics, il craignait l'ombre du maître chanteur ou du vengeur.

Il verrouilla la porte de son échoppe et rentra chez lui. C'était une belle nuit étoilée, avec une magnifique lune rousse. Mais Botella ne regardait pas le ciel. La seule chose qu'il sentait au-dessus de sa tête était une énorme épée de Damoclès, aussi tranchante que le fil d'une guillotine.

Il quitta la vieille ville, traversa le cours Jean-Jaurès, emprunta la rue Anatole-France, puis l'avenue François-Curée, et finit par longer le Cimetière Vieux. Sous le couvert de deux rangées de platanes, l'endroit était lugubre. Pas d'éclairage public, une file de voitures garées le long du trottoir, pas âme qui vive et la lointaine lueur pâlotte d'un centre commercial au bout de la sombre avenue.

Botella hâta le pas, mais s'arrêta soudain vers la grille ouverte du cimetière. Juste devant lui, une silhouette venait de surgir d'entre deux voitures. C'était une femme élancée, vêtue de noir de la tête aux pieds, avec des cheveux blonds dépassant d'un foulard. Il ne voyait pas ses yeux, elle portait des lunettes de soleil.

— Bonsoir Olivier.

Il sentit son corps se raidir, prêt à fuir.

— Qui êtes-vous ?

— Tu ne me reconnais pas ?

— Non. Qu'est-ce que vous me voulez ?

— Parler. Ou baiser peut-être.

Il se mit à trembler. La voix était froide, sans aucune sensualité.

— Laissez-moi !

Il fit demi-tour, mais aperçut une autre personne qui venait dans sa direction. Il hésita. Aide providentielle ou complice ? Il ne pouvait courir le risque, il se sentit cerné et s'engouffra dans le cimetière. Pris de panique, il se mit à courir maladroitement, buta contre une aspérité du goudron et chuta lourdement sur la tombe de Boby Lapointe. De ses mains éraflées, une sensation de brûlure irradia son corps. Il se retourna, vit la blonde dans l'encadrement du portail. Il se releva précipitamment et reprit sa course entre les rangées de tombes.

Il savait que le cimetière disposait d'un autre accès, une petite porte dans le mur qui longe la rue de Castelsec. Il y parvint à bout de souffle, son cœur s'était emballé, il transpirait. Il actionna la poignée et tressaillit. Elle était verrouillée. Alors il se retourna et chercha des yeux une autre issue, mais n'en trouva pas. Il sortit son téléphone de sa poche, il tremblait tellement qu'il le lâcha. L'appareil heurta le sol, se sépara de son capot arrière et de sa batterie. Botella jura et se pencha pour le ramasser.

Quand il se redressa, il ne vit qu'un éclair bleu devant ses yeux, il entendit un grésillement, sentit un violent choc électrique et s'évanouit.

Sandy traîna le corps du potier jusqu'à la grille principale du cimetière. Elle vérifia dans la rue que personne ne l'observait. Quand elle fut convaincue d'être seule, elle tira le corps sur le trottoir, déverrouilla sa voiture et le chargea dans le coffre.

Tout se déroulait selon son plan. Sans accroc. Après Botella, il n'en restait qu'un. Son tour viendrait, le lendemain soir. Ensuite, elle sonnerait l'hallali du Toulousain.

32

Marie était partie en claquant la porte, ce n'était pas la première fois. Elle rentrerait le lendemain soir, un bouquet de fleurs à la main. Comme les autres fois, il y aurait des larmes, puis elles feraient l'amour. Elle était comme ça, Marie, une boule de nerfs et de sentiments contradictoires.

Darrieussecq descendit à la cuisine, se resservit une bière belge et regagna le salon. Elle fit défiler les cassettes VHS dans le lecteur, visionna des scènes d'horreur jusqu'à la nausée. Aucun bourreau d'enfants n'était identifiable, à cause des cagoules et de la qualité des images. Le service informatique pourrait peut-être les améliorer un peu, les enquêteurs travailleraient sur les particularités physiques de certains des bourreaux.

Anna, Juliette, Rachel, Aude, Darius, Alain, Sylvie, Sarah et toutes ces gueules d'anges anonymes. Des visages du passé, des enfants disparus et oubliés, livrés à la barbarie de vieux porcs en mal de chair juvénile. Des prénoms quelconques sur la tranche de vieilles cassettes vidéo. Jusqu'à ce prénom qui frappa Darrieussecq comme un uppercut en pleine face. Maeva.

Depuis l'été 1985, Darrieussecq n'avait jamais oublié la petite Maeva Tolzan. Sa disparition du village naturiste du Cap-d'Agde, les recherches, les battues, la découverte du pyjama ensanglanté, la garde à vue des parents, la photo du CHU de Montpellier.

Darrieussecq eut un haut-le-cœur en repensant à cette photo, à ce bout d'intestin retroussé entre deux petites fesses rosies par le sang. Elle se revit rendre tripes et boyaux sur les chaussures de son mentor. Pauvre Bouchard ! Le sous-officier à l'aube de la retraite n'avait jamais assumé son échec. Il s'en était voulu d'avoir suspecté les parents de Maeva, d'avoir bousculé Anne-Maude Tolzan en salle d'interrogatoire. Il n'avait pas supporté d'être la risée de ses collègues, puis celle des journalistes. Jusqu'à voir sa photo en une du *Midi libre*, ses antécédents disciplinaires étalés dans la presse. La hiérarchie l'avait mis sur une voie de garage et, le jour de sa retraite, il était passé de flic alcoolo à alcoolo tout court. Un jour de janvier 1987, on l'avait retrouvé, mort, dans sa baignoire. Il s'était pendu avec une corde à linge au crochet de la douche et avait laissé la gravité faire le reste.

Darrieussecq aimait bien Bouchard. Il lui avait appris les ficelles du métier, les bonnes comme les mauvaises. Grâce à lui, elle avait surmonté l'affaire Tolzan et elle était toujours dans la gendarmerie, trente-six ans plus tard. Mais elle n'avait jamais oublié le visage de la petite Maeva.

La voix de Bouchard résonnait encore dans sa tête.

— Que ferais-tu à ma place, Laurence ?
— C'est Solange, chef.
Il n'arrivait jamais à retenir son prénom. Laurence, Florence, Sophie, Solène et d'autres, elle en avait tant entendu. Il avait fini par l'appeler « Bel Ange ». Elle s'était énervée et lui avait dit :
— C'est pourtant pas compliqué. Vous n'avez qu'à penser à Losange, puis vous inversez deux lettres.
Elle avait mimé la forme de la figure géométrique. Il avait essayé quelquefois, sans succès. Il s'était vite emmêlé les pinceaux. Finalement, il avait conclu sur une boutade :
— Losange, j'aime pas. Je préfère Carré.
Et tout le reste de sa formation, il l'avait appelée ainsi. Le surnom l'avait poursuivie jusqu'à la retraite de Bouchard, puis il avait gentiment disparu de la bouche de ses collègues. Elle ne l'avait jamais mal pris, c'était plutôt affectueux. Et le jour de l'enterrement de son ancien mentor, Darrieussecq avait déposé un petit carré en bois sur son cercueil. Elle y avait gravé ce simple mot : « Merci ».

Darrieussecq hésita de longues minutes à insérer la cassette VHS dans le lecteur. Elle appréhendait de voir le visage de Maeva. Et plus encore, elle redoutait de voir en action le salaud qui s'était acharné sur elle, qui avait emballé son corps nu et blessé dans son pyjama et qui l'avait laissée pour morte, au fond d'un trou creusé à la va-vite dans les dunes, en retrait de la Baie des Cochons.
Les doigts de la gendarme tremblèrent quand elle

poussa la cassette dans la rainure. Le lecteur l'avala et émit le bruit caractéristique du chargement. Darrieussecq appuya sur *play*.

L'image ne ressemblait pas aux précédentes. Elle représentait l'intérieur d'un mobil-home, vu d'un angle du plafond. La caméra était braquée sur la porte d'entrée, mais on voyait une grande partie de la pièce principale. Un homme de la trentaine, couché nu sur un canapé, regardait la télévision en se masturbant.

Le film n'avait pas de son, la qualité de l'image était médiocre, on distinguait mal son visage. L'homme regarda la porte comme si quelqu'un venait de frapper. Il se redressa, saisit la télécommande et arrêta la télé. Il se leva, entoura sa taille d'une serviette de plage, son sexe dessinait une bosse sous le tissu-éponge. Avant de se diriger vers la porte, il s'approcha de la caméra, comme pour s'assurer qu'elle fonctionnait.

Quand il apparut en gros plan face à l'objectif, Darrieussecq reconnut son visage. Il avait trente à quarante ans de moins que sur la photo que Roustan leur avait montrée à la morgue du CHU, mais c'était le même homme, Serge Valadié.

La gendarme visionna la suite du film et pâlit.

Les ordures !

Elle mit la vidéo sur pause et appela Gasquet. Sa collègue ne lui répondit pas. Après plusieurs sonneries, elle tomba sur la messagerie, mais raccrocha. Elle téléphona ensuite à Roustan, sans plus de succès. Elle regarda sa montre, il était quatre heures du matin.

33

Darrieussecq fila à Béziers avant l'aube. Elle se rendit d'abord chez Gasquet, non loin du stade de rugby Raoul-Barrière. Sa collègue n'était pas là, sa voiture non plus. Elle fit ensuite un passage à la brigade. Personne n'avait vu Gasquet depuis la veille.

Darrieussecq en profita pour vérifier un détail aux archives, puis elle reprit l'A9 en sens inverse jusqu'à Montpellier. En chemin, elle téléphona au SRPJ. La permanence lui répondit que Roustan n'arriverait probablement pas avant huit heures. Elle convainquit son interlocuteur de lui donner l'adresse privée du capitaine.

Elle arriva chez lui un peu avant le lever du soleil. Elle sonna et attendit. Il y eut du bruit dans l'appartement, la porte s'ouvrit. Le policier chauve apparut en peignoir, les yeux mi-clos. Elle le salua, lui tendit l'exemplaire du *Midi libre* qu'elle venait de ramasser sur le paillasson de la porte palière et, sans y être invitée, elle pénétra dans le logement. Elle portait sous le bras son lecteur VHS et des câbles de branchement.

— Amélie est avec vous ? demanda Darrieussecq.

Roustan se frotta les yeux et la regarda, incrédule.

— Non, elle est rentrée chez elle. Mais vous, que faites-vous ici ? Vous avez vu l'heure ?

— Il faut que vous voyiez ce film !

— Quel film ?

— Celui de l'enlèvement de Maeva Tolzan. Il remonte à l'été 1985. Une affaire dont je me suis occupée à l'époque, quand je n'étais encore qu'une élève gendarme.

Darrieussecq se dirigea vers le salon, qu'elle trouva sans peine. Le logement n'était pas très grand, une tanière de célibataire. Roustan lui montra la télévision, elle se précipita pour installer le matériel.

— Café ? demanda le flic du SRPJ.

— Volontiers. Triple dose, même. Et désolée pour hier soir.

— Pourquoi ?

— Le comportement de Marie.

— C'est déjà oublié.

Roustan partit dans la cuisine. Quand il revint avec deux tasses fumantes, les branchements étaient faits.

— Maeva Tolzan, reprit Roustan, la fille de Raymond Tolzan ?

— Oui, la fille du Toulousain.

— J'ai entendu parler de cette histoire sordide. On m'a dit qu'elle serait à l'origine de la rencontre du Toulousain et de Serge Valadié. Selon les rumeurs, ils auraient fait connaissance sur la plage de la Baie des Cochons.

— Ce n'est pas une rumeur, c'était le jour de la

disparition de Maeva. L'histoire a été confirmée par la fille avec qui Valadié baisait à l'époque, une médiocre actrice de films X. Maeva les aurait surpris sur la plage en pleins ébats. Ce témoignage a d'ailleurs provoqué la garde à vue de Valadié, après celle des parents Tolzan. À l'époque, le juge d'instruction a ordonné sa mise en examen, mais après plusieurs mois d'enquête, il a été relaxé faute de preuves.

— Et le témoin ? demanda Roustan.

— La fille a disparu sans laisser d'adresse. Valadié a aussi été suspecté de son meurtre, mais aucun corps n'a jamais été retrouvé. Donc, l'affaire a été classée.

— Et ce film, il montre quoi ?

Darrieussecq appuya sur *play*.

Roustan reconnut tout de suite Valadié jeune.

Après avoir vérifié la caméra dans l'angle de la pièce, Valadié se déplace vers la porte de la caravane et l'ouvre. Il fait entrer un homme qui porte une enfant endormie dans ses bras.

Roustan reconnut le Toulousain, dans la trentaine lui aussi.

Tolzan dépose délicatement sa fille sur le canapé où, quelques instants plus tôt, se masturbait Valadié. La gamine dort profondément. Les deux hommes se serrent la main, Valadié tend une grosse liasse de billets au Toulousain.

— Il y en a pour une fortune, dit Roustan.

— Ce ne sont pas des euros, mais des francs de l'époque, répondit Darrieussecq. Mais c'est vrai qu'il a touché le pactole. Ce gros porc de Tolzan a vendu ou loué sa fille à Valadié pour qu'il puisse s'amuser avec. On connaît la suite.

Roustan montra l'heure affichée dans un coin de l'écran.

— C'était quand, dans la chronologie des faits ?

— Juste avant que les Tolzan sortent en boîte échangiste.

— Donc, la mère était complice ?

— Je suis prête à parier que non. Le Toulousain a fait ça à l'insu de sa femme. À cette heure-là, Anne-Maude était en train d'essayer des fringues sexy dans une boutique du camp naturiste. Raymond l'avait envoyée là pendant que, selon ses dires, il mettait Maeva au lit. Il ne l'a rejointe que plus tard. Ce matin, j'ai jeté un coup d'œil dans le dossier archivé et j'ai retrouvé le ticket d'achat des vêtements. Quinze minutes après cette séquence vidéo, en supposant que la caméra de Valadié ait été réglée sur la bonne heure.

— Mais la mère pouvait très bien être au courant.

— Je suis convaincue que non. Anne-Maude était une femme détruite. À la suite de l'affaire, les Tolzan ont perdu la garde de leur fille. Maeva a été confiée à la DDASS. Les Tolzan se sont séparés très vite et ont divorcé peu de temps après.

— Qu'est devenue Maeva ?

— Elle a fini par être adoptée par une famille relativement aisée, mais je n'en sais pas plus.

— Et sa mère ?

— Elle a repris son nom de jeune fille. Anne-Maude Rouve a fait plusieurs séjours en hôpital psychiatrique, puis elle est entrée dans les ordres. J'ai retrouvé sa trace dans un couvent, le monastère cistercien de la Paix-Dieu à Anduze, dans le Gard.

— Elle est toujours en vie ?

— Je ne sais pas.

— Et Raymond Tolzan ? Pourquoi n'a-t-il pas dénoncé Serge Valadié à l'époque ? Après tout, il le connaissait à peine, ils n'étaient pas encore associés.

— Vous avez vu comme moi cette vidéo. Elle a gravé leur association dans le marbre. Valadié a dû faire chanter Tolzan au début, lui faire comprendre qu'il n'avait pas le choix. Avec ce film, les deux hommes se tenaient réciproquement par les couilles. Si Valadié tombait, Tolzan tombait avec lui. Ce film était sa monnaie d'échange. Puis le temps les a réunis dans d'autres magouilles, ils se sont fait plein de fric sur le dos des filles. Et le Toulousain a dû finir par lui pardonner cette histoire, quand il a constaté que Valadié lui rapportait une mine d'or.

Roustan émit un petit sifflement admiratif. Darrieussecq venait de trouver une clé de l'énigme. Il lui demanda dix minutes, le temps de prendre une douche et de s'habiller. Puis ils prirent la route d'Anduze.

34

Au début du XIIIe, la maison d'Anduze entretenait de bonnes relations avec le comte Raymond VI de Toulouse. En 1266, la ville d'Anduze fut rattachée à la couronne de France. C'est durant les heures sombres de la croisade des Albigeois que vécut Clara d'Anduze, une femme libérée avant l'heure.

Clara n'était qu'une adolescente quand Béziers, Carcassonne, Minerve, Lavaur et tous les autres fiefs cathares tombèrent. Loin des préoccupations politiques de l'époque, elle devint une *trobairitz*, le féminin de « troubadour ». On lui connut des amours tumultueuses, mais elle vécut surtout de poésie. À l'exception d'un seul de ses poèmes, le reste de son œuvre disparut, avec une partie de la culture occitane, dans les flammes de la croisade.

On lui a consacré une statue en bronze, que les Allemands fondirent en 1942 et qui fut remplacée par un buste en pierre en 1954. Il se dresse encore aujourd'hui dans le parc des Cordeliers.

— Toute cette affaire transpire la vengeance d'une femme bafouée, souffla Darrieussecq en traversant la ville.

— Maeva ? suggéra Roustan. Ou sa mère ? Curieuse coïncidence tout de même qu'elle se soit retirée précisément dans un monastère cistercien, non ?

— Quel est le rapport ?

— Pierre de Castelnau était un moine cistercien et c'est son assassinat qui a précipité la croisade contre l'hérésie.

Ils sortirent de la ville par la route de Saint-Jean-du-Gard et empruntèrent un petit chemin de traverse, qui serpentait dans la forêt jusqu'au monastère de la Paix-Dieu, plus communément appelée la Cabanoule. C'était une communauté religieuse de femmes.

— Pourquoi m'avez-vous demandé où était Amélie ? demanda Roustan, en garant sa voiture.

— Parce que je la pensais avec vous.

— Ce n'était pas le cas. Nous nous sommes quittés hier soir à Saint-Thibéry et elle m'a dit qu'elle rentrait à Béziers.

— Elle n'était pas chez elle ce matin. Ni au poste d'ailleurs. Est-ce que… ?

Darrieussecq parut gênée, Roustan comprit.

— Il ne s'est rien passé entre nous, si c'est ce que vous voulez savoir. Je pense qu'elle l'espérait, mais je lui ai fait comprendre que je n'étais pas prêt. Et puis, une relation entre collègues, ce n'est jamais très sain.

Darrieussecq imagina la déception de Gasquet. Sa jeune collègue avait dû décider de prendre un peu de recul, c'était la raison de son silence.

Une odeur de lavande envahissait le jardin du couvent.

Ils se présentèrent à une moniale occupée à défricher et demandèrent à parler à Anne-Maude Rouve.

— Vous trouverez sœur Anne dans sa chambre, répondit-elle. Mais elle a fait vœu de silence tous les mois d'août depuis son arrivée dans notre communauté.

Elle les conduisit jusqu'au deuxième étage du bâtiment principal, leur ouvrit une porte et s'effaça.

La chambre était sobrement décorée. Un carrelage ocre, un lit, un petit tapis et une table avec une lampe allumée. Les volets étaient fermés. Assise sur une chaise dans la pénombre, une sœur en habit blanc lisait la Bible.

— Nous sommes de la police, annonça Roustan. Nous aurions quelques questions à vous poser.

Sœur Anne tourna la tête. Son visage était marqué, la vieille femme faisait plus que son âge, elle était ridée. Elle leur sourit tristement, mais ne leur parla pas. Darrieussecq la reconnut. Une nouvelle fois, le passé remontait, son estomac se noua.

— Vous vous souvenez de moi ? demanda la gendarme.

Il n'y eut aucune réponse, mais le regard de la vieille le lui confirma, elle l'avait reconnue.

— Vous devez nous aider, reprit Darrieussecq. Nous avons découvert des faits nouveaux, nous savons ce qui est arrivé à Maeva.

Anne-Maude Rouve n'avait jamais su qui avait enlevé et violé sa fille, la gendarme en était convaincue. Les recherches de pédophiles et de délinquants sexuels connus d'Interpol et résidant au Cap-d'Agde durant l'été 1985 n'avaient rien donné. Il y avait eu des prélèvements, mais l'utilisation judiciaire de l'ADN n'en était qu'à ses balbutiements. À l'époque, on ne parlait que de marqueurs génétiques qui permettaient d'identifier les groupes sanguins et les rhésus, une aiguille dans une botte de foin. Les Anglais avaient réalisé une première percée en 1986, mais ce n'est qu'à partir de 1995 que l'ADN mitochondrial avait rendu possible l'analyse d'échantillons vieux et dégradés. Mais curieusement, le procureur chargé de l'affaire Maeva Tolzan, aujourd'hui à la retraite, avait ordonné la destruction des prélèvements de 1985.

Sœur Anne restait impassible, les mots de Darrieussecq semblaient glisser sur elle comme les gouttes d'eau sur les ailes d'une mouche. Roustan insista.

— Saviez-vous que Serge Valadié avait grassement payé votre ex-mari pour qu'il puisse se retrouver seul avec Maeva le soir de sa disparition ?

Elle le regarda curieusement, des larmes apparurent au bord de ses yeux. Darrieussecq jeta un regard noir à Roustan.

La moniale se mit à trembler, ses lèvres remuèrent mais il n'en sortit aucun son. Elle chercha nerveusement sur la table devant elle, trouva une feuille de papier et un crayon, et se mit à écrire : *Pourquoi remuer le passé ? Laissez Maeva en paix.*

— Où est votre fille, madame Rouve ?

Elle est morte, écrivit-elle.

— Comment est-elle morte ?

Anne-Maude haussa les épaules, pour faire comprendre qu'elle ne savait pas.

— Après la DDASS, votre fille a été adoptée. Par qui ?

Nouveaux mots sur le papier : *Bernadette et Jean Lafargue*. Darrieussecq et Roustan ne purent contenir leur surprise, en lisant le nom de la professeure d'histoire cathare de l'université de Montpellier.

35

Sur la route du retour en direction de Montpellier, Darrieussecq conduisait nerveusement.

— Vous n'auriez pas dû être si direct avec cette pauvre femme, dit-elle à Roustan.

— Peut-être. N'empêche qu'elle nous a donné l'information que nous cherchions.

— Nous aurions pu l'obtenir dans les archives de la DDASS.

— Certes, mais il aurait fallu un mandat et nous ne l'aurions pas eu avant plusieurs jours.

Darrieussecq se tut, elle savait qu'il avait raison. Elle doubla une file de véhicules et se rabattit quand une voiture venant en face lui fit des appels de phares. Elle injuria le conducteur en le croisant.

— J'aurais peut-être dû prendre le volant, lui dit Roustan. Vous êtes fatiguée.

— Celle qui me fatigue, c'est cette prof de fac. Qu'est-ce qu'elle nous cache ?

— Peut-être rien. Comment voulez-vous qu'elle sache que mon enquête concerne sa fille adoptive ? Je ne le savais pas moi-même jusqu'à ce que vous me l'appreniez ce matin. Ces faits sont si anciens.

— Nous verrons bien…

Darrieussecq entreprit un nouveau dépassement, elle avait hâte d'arriver à l'université de Montpellier. Ils s'étaient renseignés par téléphone et on leur avait répondu que Bernadette Lafargue donnait un cours jusqu'à midi. Ils la cueilleraient à la sortie.

Le téléphone de Roustan sonna, il s'excusa et décrocha. La gendarme n'entendit pas les paroles de son interlocuteur.

— Quand ça ?… OK… Oui, je sais où ils l'emmènent. Je fonce là-bas… Non, surtout n'envoie pas de renforts, ça les alerterait. J'en fais mon affaire. Allez, salut.

Il raccrocha.

— Un problème ? demanda Darrieussecq.

— Les hommes du Toulousain ont mis le grappin sur Michel Fourneyron.

— Le proxénète de Montpellier ?

— Oui. Ils le suspectent d'avoir causé l'incendie de La Pairòla. Il va passer un sale quart d'heure.

— Et vous foncez au secours d'une ordure pareille ?

— Pas le choix. Tout est sur les écoutes téléphoniques. On pourrait nous reprocher de ne pas intervenir. Déposez-moi au SRPJ.

— Et Lafargue ?

— On ne change pas les plans. Appelez Amélie et allez-y toutes les deux.

— Et si je n'arrive pas à la joindre ?

— Allez-y toute seule.

— Pas très légal.

— On s'en fout, ce n'est pas un interrogatoire en bonne et due forme. De toute façon, je ne vois pas ce que vous risquez. C'est juste une visite de courtoisie dans les couloirs de l'université. Vous verrez bien si elle vous ment ou non.

La situation n'emballait pas spécialement Darrieussecq. Mais son envie de retrouver la trace de Maeva prenait le dessus.

— Et si elle refuse de me répondre ou si j'ai la sensation qu'elle me ment, je fais quoi ?

— Vous la laissez partir. Pas de vague, pas maintenant. Nous aurons tout loisir de la reconvoquer plus tard. Elle ne va pas se volatiliser, pas avec son statut.

En déposant Roustan au SRPJ, Darrieussecq le chambra une dernière fois.

— On dirait que vous faites tout pour l'éviter, cette Lafargue.

Il lui sourit niaisement.

— C'est vrai que j'en ai voulu au juge d'instruction de me l'avoir mise dans les pattes. Mais aujourd'hui, vu la tournure prise par les événements, je rêve de la rencontrer. Transmettez-lui mes amitiés.

Il claqua la portière de la voiture de gendarmerie et se précipita vers sa voiture banalisée. Darrieussecq le regarda partir gyrophare allumé sur le tableau de bord et sirène hurlante.

Avant de prendre la route de l'université Paul-Valéry, Darrieussecq appela Gasquet, sans succès. Elle laissa un message puis téléphona à la gendarmerie de Béziers.

— Tu as vu Amélie ce matin ?

— Non, lui répondit un collègue.

— Tu peux te renseigner pour savoir si quelqu'un l'a vue ? Je n'arrive pas à la joindre.

— Je le ferai, mais plus tard si tu veux bien. C'est un peu chaud, là.

— Qu'est-ce qui se passe ?

— Une disparition.

— Je suis au courant pour Vendres, ce n'est pas nouveau.

— Non, mais ce qui l'est, c'est qu'il y en a eu deux autres. Avant-hier soir à Vias-Plage et hier soir à Pézenas.

— Ce n'est pas notre rayon d'action, ça…

— Non, mais les trois disparitions présentent des similitudes. Chaque fois des quadragénaires de la région, des hommes. Et chaque fois une fille blonde qui aurait été vue peu avant les disparitions. Et ce n'est pas tout, il pourrait encore y en avoir deux autres. Un assureur de Florensac et un banquier parisien.

— Un Parisien ?

— Un type qui prenait ses vacances à Sérignan-Plage. En fait, il est de la région, il est parti à la fin de ses études et il est revenu quelques jours voir ses parents, qui vivent à Bessan. Mais ce qui relie toutes ces disparitions, outre la présence d'une femme blonde, c'est que les cinq gars ont fréquenté le même lycée à Agde, à la fin des années quatre-vingt-dix.

36

Dans la banlieue sud-ouest de Béziers, non loin des neuf écluses de Fonseranes, l'entrepôt désaffecté menaçait de tomber en lambeaux. Pour y accéder, Roustan avait cisaillé une clôture avec une petite pince coupe-boulon. Il connaissait les techniques de contre-observation du Toulousain et de ses hommes, et avait garé sa voiture banalisée à plus d'un kilomètre de là. Les truands tenaient à jour un répertoire des numéros de plaques des voitures banalisées de la police. Même s'il en avait changé récemment, il ne voulait prendre aucun risque.

Il écarta le treillis métallique et glissa son corps svelte dans l'enceinte de l'usine. De hautes herbes à moitié séchées avaient poussé entre les failles de l'asphalte. Il marcha précautionneusement jusqu'au mur de l'entrepôt, le sol était jonché de déchets ferreux de toutes sortes.

Le mur de l'ancienne usine s'effritait, le béton friable libérait par endroits ses fers tordus. En hauteur, la plupart des vitres étaient brisées et le toit en tôle ne devait plus garantir la moindre étanchéité.

Roustan chercha d'éventuelles caméras de vidéosurveillance, il n'en vit pas. Il repéra une porte dérobée et s'en approcha. Le panneau métallique était tordu, il le poussa, les gonds grincèrent. Il attendit quelques secondes, immobile, à l'affût du moindre bruit. Quand il fut convaincu que personne ne l'avait entendu, il entra.

Un escalier délabré menait à l'étage. Roustan monta en prenant son temps à chaque pas, évitant de faire crisser les morceaux de plâtre qui recouvraient les marches. Une odeur d'humidité et de crasse envahissait les lieux, piquait ses narines. La couche de poussière sur le sol indiquait que personne n'était venu ici depuis des mois, voire des années. Pourtant, Roustan savait que cet endroit était une des planques du Toulousain. Sa salle d'interrogatoire, comme il l'appelait.

Le flic du SRPJ ouvrit la porte de ce qui avait dû être un bureau, peut-être celui de la direction, à l'époque où l'usine de traitement des déchets ferreux était encore en service. Il y avait de vieilles tables vermoulues, des chaises cassées, des armoires murales métalliques à moitié dessoudées, les placards étaient renversés, les portes dégondées, une rangée de fenêtres cassées donnait sur l'arrière du bâtiment, par où Roustan était arrivé. Une autre rangée de fenêtres sans vitres donnait sur l'intérieur de l'entrepôt, à la manière d'une mezzanine permettant de contrôler le travail des ouvriers.

Dans la grande salle, en contrebas, il restait encore quelques machines, rouillées, sans doute hors d'usage, et, comme à l'extérieur, partout des déchets : fer, cuivre, tôle, acier, métaux en tous genres, bouts de tuyaux, une carcasse de vélo, trois bonbonnes de gaz…

Roustan attendit. Les secondes lui parurent des minutes, les minutes des heures. Jusqu'à ce qu'une voiture s'arrête, moteur allumé, devant la porte principale de l'entrepôt.

Il entendit des bruits de pas, des voix masculines. Puis un cliquetis métallique et le grincement de la grande porte coulissante. Elle s'ouvrit sur une fourgonnette blanche, qui entra dans l'entrepôt, suivie d'une berline couleur foncée. L'homme qui avait ouvert la porte la referma derrière les deux véhicules, puis rejoignit le chauffeur de la camionnette et, à deux, ils tirèrent sa portière latérale pour en sortir un prisonnier.

Roustan était trop loin pour distinguer ses traits, mais il devina qu'il s'agissait de Fourneyron. Le Montpelliérain avait perdu de sa superbe, sa chemise était déchirée et maculée de sang. Il avait les bras attachés dans le dos avec des menottes, un bandeau sur les yeux et un bâillon dans la bouche. Ses cheveux étaient hirsutes, il avait une coupure au front. Il transpirait comme un bœuf, des auréoles tachaient ses aisselles. Son souffle épais montait jusqu'aux oreilles du policier.

Les hommes du Toulousain le conduisirent jusqu'à une chaise au milieu de l'entrepôt où ils le firent asseoir brutalement. Ils lui attachèrent deux poids en fonte de dix kilos chacun, un par cheville, et vérifièrent la solidité des liens. Quand ils furent convaincus que le prisonnier était bien entravé, l'un d'eux fit un signe en direction de la limousine. Le chauffeur sortit et ouvrit la porte arrière.

Roustan vit d'abord les mocassins vernis fouler le sol de l'entrepôt, puis un homme d'un certain âge sortir de la voiture. Il était élégamment vêtu, smoking et lunettes fumées. Mais sa démarche n'allait pas avec le reste. Ses gestes étaient nerveux, son ventre trahissait les excès de bonne chère et sa barbe poivre et sel, mal taillée, achevait de convaincre qu'il avait été seul maître de son éducation. Il faisait plus penser à un mafieux des Balkans un peu rustre qu'au parrain de Coppola.

Roustan reconnut le Toulousain. Il frissonna. Les doigts du policier étaient crispés sur son portable, il essayait de ne pas trembler, la caméra enregistrait la scène.

37

Après la chute de Lavaur, Simon de Montfort put envisager d'attaquer le comté de Toulouse. Raymond VI excommunié, ses terres et ses biens étaient à qui voulait les prendre. Les croisés s'emparèrent de Castelnaudary, puis occupèrent l'Albigeois. Ils placèrent enfin un premier siège devant Toulouse au mois de juin 1211, mais la ville se révéla imprenable. À la suite de cet échec, le chef de la croisade poursuivit l'encerclement du fief de Raymond VI, tandis que celui-ci nouait une alliance avec le roi d'Aragon, comte de Barcelone et seigneur de Montpellier.

Le 12 septembre 1213, la guerre contre Toulouse connut un important tournant à Muret. Ce jour-là, Pierre II d'Aragon et le comte de Toulouse eurent le malheur de se désunir. Le premier répondait à l'ardeur de ses hommes à attaquer les croisés, tandis que le second se méfiait du stratège Simon de Montfort. La mêlée fut violente, la bataille tourna à l'avantage des soldats du pape. Le roi d'Aragon paya de sa vie son imprudence et sa mort désorganisa ses troupes. La légende raconte que le sang de quinze mille Toulousains rougit les eaux de la Garonne.

Les deux ans qui suivirent la bataille de Muret furent marqués par un semblant de paix, où les alliances changèrent. La couronne d'Aragon prit ses distances avec la croisade. Raymond VI de Toulouse se tourna vers l'Angleterre afin de requérir son aide, mais, trop occupé par sa campagne contre la France, Jean sans Terre refusa de venir au secours des Languedociens.

Au mois de novembre 1215 se tint enfin le concile du Latran, où furent abordées toutes les questions de la chrétienté, dont celles de la Terre sainte, des croisades et des hérétiques. Le sort de Toulouse fut examiné le dernier jour du concile. Raymond VI s'étant réfugié à Gênes, le pape Innocent III attribua le comté de Toulouse, les vicomtés de Carcassonne et de Béziers, et le duché de Narbonne à Simon de Montfort.

En juin 1216, le chef de la croisade se rendait à Paris, pour faire allégeance à Philippe Auguste et le remercier des nouvelles terres qu'il avait reçues, lorsqu'il apprit que les hostilités avaient repris dans le Midi. Dans le Gard, la ville de Beaucaire venait de se soumettre au futur Raymond VII et à son père. Guy de Montfort leva une armée pour marcher sur la ville et son frère Simon le rejoignit.

L'assaut échoua trois fois, Montfort fut contraint d'abandonner. L'échec de Beaucaire mit à mal sa réputation d'invincibilité. Ses soldats étaient usés par sept ans de guerre, le moral sapé par le sentiment de devoir recommencer sans cesse les mêmes opérations. L'Occitanie était vaste et les Languedociens résistaient. C'était une guérilla permanente, chaque conquête des croisés restait fragile, le moindre relâchement de leur part attisait le feu de la revanche.

Simon de Montfort commença à accumuler les erreurs. Il demanda des garanties et d'importantes sommes d'argent à la ville de Toulouse, s'aliénant de plus en plus l'adhésion de la population. Raymond VI revint à Toulouse le 13 septembre 1217 à l'insu des Montfort et incita la Ville à se soulever. Arrivé le premier sur les lieux, Guy de Montfort installa un nouveau siège le 22 septembre. Trop grande ou trop bien défendue, Toulouse résista plusieurs mois aux assauts des croisés, en nombre insuffisant pour assurer un blocus efficace. Simon de Montfort finit par ordonner la construction d'une tour en bois pour prendre les remparts. Le 25 juin 1218, les Toulousains tentèrent une sortie pour la détruire. Une énième mêlée sanglante s'ensuivit, sous les volées incessantes de flèches et les boulets de l'artillerie.

Tandis que le chef de la croisade recevait la communion sous sa tente et s'apprêtait à enfiler son heaume pour partir au combat, un chevalier vint le prévenir.

— Messire Simon, votre frère…

— Qu'est-il arrivé ?

— Son cheval a été abattu par un archer, lui-même est blessé, une flèche aux côtes. Nous peinons à l'atteindre pour le secourir.

— Conduis-moi à lui !

Le croisé enfourcha son destrier et partit à la tête d'une poignée d'hommes. Dans la plaine, on entendait le bruit des épées, les cris et les lamentations. Le ciel était rouge du sang des Français et des Albigeois. Mangonneaux et trébuchets balançaient des pierres de part et d'autre, provoquant des pertes dans les deux camps. Les murs de la ville tremblaient sous les bombardements. Une tour céda et s'effondra. Le vacarme couvrait les ordres, c'était le chaos.

Le chevalier indiqua l'endroit où Guy de Montfort était tombé. La mêlée empêchait de distinguer quoi que ce soit. Simon prit la tête de l'assaut.

— Pour mon frère ! Dieu le veut !

Les croisés fondirent sur les Toulousains qui encerclaient l'endroit où le blessé était tombé. Ils repoussèrent l'ennemi en direction des remparts. Simon descendit de cheval et prit son frère dans les bras. Trop préoccupé par le sort de Guy, il ne vit pas le danger arriver.

Une *bricole*, une de ces machines de jet qu'on utilisait en contrebatterie depuis les murs de la ville et qu'actionnait un groupe de femmes, propulsa dans les airs une pierre de six kilos. Le boulet décrivit une courbe et s'abattit sur le chef de la croisade. Il frappa le heaume de Simon de Montfort à une vitesse telle que la protection de tête explosa en même temps que son crâne.

38

— *Venc tot dreit la piera lai on era mestiers !*

La voix grave de Bernadette Lafargue résonna devant l'auditoire de l'université Paul-Valéry. Elle laissa planer un court silence avant de traduire, de l'occitan vers le français : « La pierre vint tout droit là où il fallait ! »

— Vous retrouverez, dit-elle, cette phrase gravée sur une plaque commémorative, dans les anciens jardins de Montoulieu. Cette phrase poétique nous vient de la *Chanson de la croisade contre les Albigeois*, même si la suite des paroles est plus… comment dites-vous aujourd'hui ? *Trash* ? *Gore* ? La poésie d'antan n'a rien à envier aux séries Netflix, croyez-moi.

On entendit quelques rires discrets dans l'auditoire, puis Bernadette Lafargue lut la strophe entière.

La pierre vint tout droit là où il fallait
Elle frappa le comte sur son heaume d'acier
Si fort que les yeux et la cervelle et les dents
Le front et les mâchoires éclatèrent en pièces
Le comte chut en terre, mort, sanglant et livide

Quelques étudiants affichèrent une moue dégoûtée, d'autres pouffèrent, la plupart restèrent impassibles. Concentrés sur leurs notes, ils n'avaient pas remarqué l'entrée discrète d'une gendarme dans la grande salle.

— Encore aujourd'hui, reprit Bernadette Lafargue, il existe énormément d'incertitudes sur les détails de l'histoire cathare. Les chroniqueurs de l'époque ont vraisemblablement enjolivé la légende. Ainsi, on ne sait pas si la pierrière à l'origine de la mort de Simon de Montfort a été véritablement actionnée par des dames, des filles et des épouses, comme le dit la chanson. Mais à l'aune de notre société genrée, l'image de la femme cathare tuant le bourreau de l'Occitanie dans un monde moyenâgeux machiste est trop belle.

Bernadette Lafargue afficha une série de représentations de Simon de Montfort, qu'elle entreprit de commenter.

— Parmi d'autres détails amusants de l'histoire, on représente aujourd'hui le chef de la croisade avec une barbe : sur son buste à la galerie des Batailles du château de Versailles, dans les films, les reconstitutions historiques théâtrales ou télévisées, et même dans les nombreuses bandes dessinées réalisées sur les cathares. C'est ignorer qu'à cette époque la mode était au glabre. Des gravures sur des écus nous le prouvent, Simon de Montfort ne portait pas de barbe. Mais peut-être qu'au terme d'une guerre de plusieurs années ou d'un siège de plusieurs mois le rasage n'était pas la préoccupation première des croisés. Qui peut le savoir ?

Bernadette Lafargue regarda sa montre, son cours d'été touchait à sa fin.

— Ce que vous devez retenir de la religion cathare, conclut-elle, c'est que ce courant chrétien se définissait comme le seul qui soit l'héritier direct et authentique du message du Christ. Le mot « cathare » n'existait pas dans la bouche de ses adeptes, seulement dans celle de ses ennemis. Ils se nommaient *bons chrétiens*, *vrais chrétiens*, *bonshommes* ou encore *parfaits*, en opposition à l'Église romaine usurpatrice et décadente. Chez les cathares, point de rituels sataniques, d'ésotérisme, de richesses mystérieuses ou de trésor caché. Ces fausses croyances sont nées de l'imaginaire, nourries par le manque de connaissances que nous avons longtemps eu de ces temps troublés. Le plus grand mystère de cette époque, quoi qu'en disent mes confrères historiens, reste les circonstances de la mort de Pierre de Castelnau. Cet événement a déclenché la croisade des Albigeois, qui dura jusqu'à la chute de Montségur le 16 mars 1244 et même au-delà. De cette lutte contre l'hérésie cathare naîtra l'Inquisition, ses tortures et ses bûchers. On attribue officiellement l'assassinat de Pierre de Castelnau au comte de Toulouse, mais des voix dissidentes attestent aujourd'hui que le crime aurait été commis sur ordre du pape ou par un bras du clergé espérant obtenir d'Innocent III sa bénédiction pour cette croisade. Car, ne l'oubliez jamais, derrière cette guerre de religion, il y avait avant tout des convoitises pour les terres et les richesses du Languedoc. La semaine prochaine, nous aborderons la seconde partie de la croisade, lorsque Amaury de Montfort prend la succession de son père

Simon. Nous parlerons du bûcher de Montségur et du sort des autres châteaux cathares qu'on appelle les « cinq fils de Carcassonne » : Aguilar, Termes, Puilaurens, Peyrepertuse et Quéribus. Je vous souhaite une belle journée.

Les étudiants commençaient à sortir de l'amphithéâtre, Bernadette Lafargue rangeait ses affaires. Darrieussecq s'approcha au moment où elle éteignait le rétroprojecteur.

— Bonjour.

Bernadette Lafargue leva la tête et reconnut la gendarme.

— Ah, bonjour. Je suppose que vous avez des questions sur l'incendie de Béziers. Vous avez trouvé le coupable ?

— Pas encore. À vrai dire, je souhaiterais vous parler d'un sujet plus personnel.

— De quoi s'agit-il ?

— De votre fille adoptive.

39

De l'endroit où il était, Roustan pouvait entendre la respiration de Fourneyron, qui peinait à reprendre son souffle derrière son bâillon. Le bandeau sur les yeux devait accroître son sentiment d'oppression. Le Toulousain tournait autour de lui, sans se presser. Il sortit un havane de la poche de son veston, et fit claquer la petite guillotine du coupe-cigare. Le bruit sec résonna dans l'entrepôt.

— Qu'est-ce qui t'a pris de venir jouer avec le feu sur mes terres ?

Le prisonnier avait reconnu la voix de son ravisseur. Il émit un râle, Tolzan fit signe à un de ses hommes de lui retirer le bâillon et le bandeau. Fourneyron transpirait et tremblait.

— Je te jure que je n'y suis pour rien, Raymond. Tu me connais, non ?

— C'est bien là le problème, mon p'tit Michel. Tu as toujours été trop gourmand. C'est pour ça que ça n'a pas marché entre nous. Je t'ai pardonné à l'époque, je t'ai laissé Montpellier, mais il a fallu que tu viennes chier sur mes platebandes à Béziers. Pourquoi ?

Tolzan poussa le pressoir de son briquet à gaz, tourna le cigare sur la flamme bleue jusqu'à ce que le tabac devienne rougeoyant et tira une bouffée.

— Je te jure que ce n'est pas moi.

— Arrête de jurer, ce sont les croyants qui jurent. Ne les offense pas. Toi, tu ne crois qu'au fric et au cul. En cela, nous ne sommes pas très différents, toi et moi. Sauf que moi, je crois encore au respect. Est-ce que tu me respectes, mon p'tit Michel ?

— Tout le monde te respecte, Raymond.

Le Toulousain passa derrière le Montpelliérain. Il se pencha vers son oreille et murmura :

— Tout le monde, sauf toi.

Tolzan saisit la main droite de Fourneyron et glissa l'extrémité de son index dans le coupe-cigare. D'un coup sec, il referma la lame. Le prisonnier cria de douleur et se crispa. Un petit bout de peau sanguinolente tomba sur le sol. Le Toulousain avait pris garde de ne pas attaquer l'os de la première phalange, il aurait été dommage d'abîmer son précieux jouet.

— Putain, Raymond ! aboya le Montpelliérain, des larmes aux yeux. À quoi tu joues ?

— Une ! Il te reste neuf mauvaises réponses.

— Mais qu'est-ce que tu veux savoir, nom de Dieu ?

— Qui a cramé La Pairòla et mes hommes ?

— Je te l'ai dit, je ne sais pas.

Clac, nouveau cri. Le majeur droit.

— Où est Serge ?

— Valadié ?

— Tu en connais un autre ?

— Non. Je ne sais pas, je…

L'annulaire droit y passa.

— Mais bordel ! hurla Fourneyron. Arrête tes conneries ! Je ne suis pas fou, jamais je ne prendrais le risque d'entrer en guerre contre toi. Si Serge a disparu, qui te dit que ce n'est pas lui qui te chie dans les bottes ?

— J'ai pleine confiance en Serge. Et les flics n'auraient pas fait une descente chez lui au Cap-d'Agde s'il n'avait pas été trahi lui aussi. Alors, tu l'as buté ?

— Bien sûr que non !

Ce fut le tour de l'auriculaire. De la main droite de Fourneyron attachée dans le dos par les menottes, quatre discrets filets de sang coulaient sur la dalle de béton.

— Espèce d'enflure ! hurla le Montpelliérain. Je te dirai que dalle ! Parce que je ne sais rien ! Et même si je savais quelque chose, tu pourrais me couper la bite que je ne parlerais pas !

Roustan n'avait pas perdu une miette de la scène. La caméra de son portable non plus. Il hésitait à intervenir, mais il était seul contre six. D'un autre côté, Fourneyron n'avait rien à envier à Tolzan et Valadié. C'était une ordure de la pire espèce et il y avait quelque chose de jouissif à voir les loups se dévorer entre eux.

La question qui tournait dans la tête de Roustan était : jusqu'où pouvait-il laisser aller les choses ? Il aurait pu ressortir en douce de l'entrepôt et appeler ses collègues. Ou rester où il était et leur envoyer discrètement un texto. Mais dans les deux cas, il aurait dû arrêter de filmer, et renoncer à cette belle preuve, qui allait envoyer le Toulousain derrière les barreaux pour des décennies.

— Je sais que tu ne diras rien, dit calmement Raymond Tolzan en tirant sur son cigare. Il y a trop longtemps que tu te prends pour un caïd, alors que tu n'es rien d'autre qu'un laquais. Ça te ferait le plus grand bien de prendre un peu de hauteur, mon p'tit Michel.

Il fit un signe à ses hommes. L'un d'eux s'empara d'une grosse télécommande jaune au bout d'un fil électrique et pressa un bouton. Un treuil se déplaça sur un rail en hauteur et vint se placer à la verticale de Fourneyron. Le crochet descendit et le Toulousain le fit passer sous la chaîne des menottes. Puis il se tourna vers l'homme à la télécommande.

— Vas-y en douceur.

— Putain, gémit le Montpelliérain, qu'est-ce que tu fais ? Arrête tes conneries ! Arrête…

Le crochet remonta lentement, tirant les bras du prisonnier en arrière jusqu'à ce qu'ils soient complètement tendus. Le mouvement obligea Fourneyron à se pencher en avant pour éviter la douleur, mais il ne put rien faire. Le crochet s'élevait et commençait à le soulever de sa chaise. Le poids de son corps et la fonte attachée à ses chevilles empêchaient le moindre mouvement, il sentait ses muscles se déchirer. À la fin, les épaules lâchèrent et se déboîtèrent lentement dans d'horribles craquements, que le hurlement du supplicié finit par couvrir.

Le Montpelliérain se retrouva suspendu, les pieds à un mètre du sol, les bras tendus à la verticale et désolidarisés du tronc. Il continuait de crier, de baver de rage, de maudire le Toulousain, de lui dire que ses hommes le retrouveraient.

Le treuil roula sur son axe et amena Fourneyron à la

verticale d'un broyeur à métaux, dont les deux énormes cylindres dentelés s'étaient mis à tourner au ralenti. Le bruit de la machine ronronnait dans l'entrepôt.

Tolzan ramassa une tige en métal et la lança sur les cylindres. Les dents l'attrapèrent, la tordirent comme une vulgaire paille en plastique, elle disparut dans les rouleaux de la machine.

— Et tu n'as rien vu, dit Tolzan. C'est encore plus impressionnant avec ça.

Il souleva une bonbonne de gaz et la lança dans la broyeuse.

La grosse bouteille métallique tourna un instant sur elle-même, rebondit sur les premières dents et fut happée par la broyeuse. Elle se déforma. Les deux cylindres la compactèrent sans même ralentir.

— Alors, reprit Tolzan, je te laisse imaginer ce que ce truc peut faire à un corps humain. Le treuil va te faire descendre lentement vers ces mâchoires d'acier et tu ne pourras rien faire. Les poids en fonte maintiennent tes jambes à la verticale, tu ne pourras pas les relever. D'abord, la machine va bouffer tes pieds, puis les poids et tes chevilles, et quand elle te prendra les genoux, tu seras encore conscient et tu me supplieras, soit de te remonter, soit de descendre plus vite. Tout ça, tu peux l'éviter si tu me dis qui est derrière l'incendie de La Pairòla et ce qui se trame contre moi.

— Va te faire foutre, murmura Fourneyron, anesthésié par la douleur.

Tolzan tira une bouffée de havane, recracha la fumée et haussa les épaules.

— Tant pis pour toi. Comme tu voudras.

Il fit signe à l'homme à la télécommande, la chaîne entama sa lente descente.

Roustan continuait de filmer depuis la mezzanine. Le téléphone enregistrait l'image, mais aussi les sons. Les hurlements. La fonte broyée, les hurlements encore. Et le silence enfin. On n'entendait plus que le ronronnement des deux cylindres. Maculés de sang, ils continuaient de tourner inlassablement. Le crochet du treuil se balançait au-dessus, libéré de sa charge.

40

Darrieussecq proposa la place de la Comédie, mais Bernadette Lafargue la trouvait trop bruyante et emmena la gendarme dans un petit square intime à l'ombre des arbres, non loin de l'arc de triomphe. Elle opta pour Le Rebuffy, un bar plus discret que Le Foch où se pressaient les étudiants, et commanda un muscat de Frontignan, Darrieussecq prit un thé glacé.

— Que voulez-vous savoir ?

Bernadette Lafargue avait perdu son assurance, sa voix s'était adoucie. La gendarme perçut un brin de mélancolie dans le regard de son interlocutrice, comme si les larmes n'étaient pas loin de monter.

— Nous avons rouvert l'enquête sur la disparition de Maeva Tolzan et nous avons appris que c'était votre mari et vous qui l'aviez adoptée en 1986.

— Pourquoi remuer le passé ?

— Anne-Maude Rouve nous a posé la même question ce matin et je vous donne la même réponse : parce que nous avons découvert de nouveaux éléments. Nous avons la personne qui a violé Maeva.

Darrieussecq devina une lueur dans les yeux de son interlocutrice.

— Vous l'avez arrêtée ?

— Non. Il est mort. Assassiné.

— Qui est-ce ?

— Pour le moment, je ne suis pas autorisée à vous le dire, navrée. Secret de l'instruction.

Bernadette Lafargue sembla déçue.

— Mais il est important que nous sachions ce qui est arrivé à Maeva, continua Darrieussecq.

— Nous ne l'avons jamais appelée ainsi, vous savez ? Avec mon mari, nous pensions qu'il était important de l'éloigner de son passé. Quand elle est arrivée chez nous, elle avait à peine quatre ans. Elle n'avait que peu de souvenirs de ce qui lui était arrivé. Les médias avaient fait leurs choux gras de cette affaire, le prénom et le visage de Maeva étaient partout. Alors, nous lui avons donné son second prénom, celui qui figurait sur ses papiers : Alexia. C'était une idée de Jean, mon mari.

— Où est-il aujourd'hui ?

— Il est mort il y a dix ans. Cancer. La mort d'Alexia l'a rongé jusqu'à son dernier souffle. Il ne s'en est jamais remis. Peu avant de mourir, il s'est mis à délirer sur son lit d'hôpital. Il était convaincu qu'Alexia était vivante.

— Comment est-elle morte ?

— Alexia a disparu le soir de ses dix-huit ans, le 10 août 2000. Nous voulions l'inviter à dîner au Château du Port à Marseillan pour marquer le coup, mais elle a préféré passer la soirée avec son nouvel amoureux.

Bernadette Lafargue avala son verre de muscat d'un

trait, sans prendre le temps de le déguster. Comme pour se donner du courage. Elle peina à déglutir et reprit :

— Le lendemain matin, quand nous avons constaté qu'Alexia n'était pas rentrée à la maison, nous avons téléphoné à Arnaud. Il nous a répondu qu'il ne savait pas où elle était. Devant notre insistance, il nous a dit qu'ils étaient sortis en boîte à Béziers, qu'ils s'étaient disputés et qu'elle était partie de son côté. Quand nous lui avons fait remarquer qu'elle n'avait que dix-huit ans et qu'il n'aurait pas dû l'abandonner seule dans une grande ville, qu'il aurait au moins pu nous prévenir, il s'est énervé. Il nous a répondu qu'Alexia était majeure et vaccinée, et il nous a raccroché au nez. Jean et moi sommes allés signaler la disparition de notre fille à la police. Au début, il n'y a pas eu d'enquête. Ils ont conclu à une fugue liée à une déception amoureuse. Un flic – excusez-moi du terme – m'a expliqué qu'Alexia était majeure et qu'elle avait le droit de disparaître. Malgré notre insistance, l'enquête est restée au point mort plusieurs jours. Avec Jean, nous avons écrit au procureur de la République. Au final, la police a interrogé Arnaud, mais il n'a fait que répéter ce qu'il nous avait dit.

— Selon vous, il aurait menti ?

— Bien sûr qu'il a menti ! Des images de vidéosurveillance ont montré qu'ils étaient sur les quais de la gare d'Agde en fin de soirée. Ils sont montés dans un train en direction de Béziers. Sauf que ce train ne correspondait à aucun horaire officiel de la SNCF. Nous n'avons reçu qu'une vague réponse du procureur de Montpellier de l'époque : ce train aurait été ajouté pour fluidifier le trafic ferroviaire. Un non-sens à cette heure-là ! Il y a eu une vague enquête, mais elle n'a abouti à rien. Mais surtout, Arnaud n'a jamais su expliquer à la police pourquoi le portable d'Alexia avait borné entre Narbonne et Perpignan au milieu de la nuit, quand je lui ai envoyé un texto resté sans réponse pour savoir si tout allait bien. Sur le moment, je me suis dit qu'elle profitait de sa soirée et qu'elle s'amusait. Arnaud a dit à la police qu'il se souvenait vaguement qu'Alexia avait perdu son téléphone. Et quand la police a étudié la suite des données rétroactives, elle a constaté que mes multiples messages et tentatives d'appel du lendemain matin et des jours qui ont suivi n'y figuraient pas. L'explication que les enquêteurs nous ont donnée, c'était que le téléphone n'avait plus de batterie ou qu'il était cassé.

— Et cet Arnaud, savez-vous où je pourrais le trouver aujourd'hui ?

— Non. Il a porté plainte contre mon mari et moi pour harcèlement et, depuis 2000, la justice nous a interdit de l'approcher et de le contacter de quelque manière que ce soit. Mais vous devriez le retrouver sans peine.

Quel est son nom de famille ?

— Valadié.

Darrieussecq ouvrit de grands yeux étonnés.

— Connaissez-vous le nom de ses parents ?

— À l'époque, il vivait avec sa mère à Agde. Je ne me souviens plus de son prénom, mais elle est morte peu de temps après la disparition d'Alexia. Quant à son père, il habitait une petite maison du côté du Cap-d'Agde. Il se prénomme Serge, sauf erreur.

Les pièces du puzzle s'imbriquaient les unes après

les autres. Darrieussecq n'aimait pas trop le scénario qui se dessinait : Maeva Tolzan et Alexia Lafargue étaient une seule et même personne. Serge Valadié l'avait violée à trois ans et Arnaud Valadié était sorti avec elle quinze ans plus tard. Père et fils avec la même fille. Les événements de 1985 et ceux de 2000 trouvaient un écho dans les meurtres rituels des derniers jours.

— Alexia connaissait-elle l'histoire cathare ? risqua Darrieussecq.

— Qu'insinuez-vous ?

— Répondez à ma question.

— Bien sûr que oui. C'est ma passion et mon travail. L'enfance d'Alexia a été bercée par les récits sur les cathares. Il m'arrivait de lui raconter des épisodes de la croisade des Albigeois avant qu'elle s'endorme, en les édulcorant bien entendu.

— J'ai une dernière question importante : Alexia savait-elle qu'elle était adoptée ? Lui avez-vous dit, quand elle a atteint l'âge de le comprendre, qu'elle s'était appelée Maeva Tolzan et qu'elle avait été victime d'un viol à trois ans ?

— C'est un sujet que nous n'avons jamais abordé avec elle. Peut-être était-ce une erreur, mais, en grandissant, Alexia avait complètement oublié son passé.

41

Gasquet arriva boulevard du Maréchal-Leclerc au milieu de l'après-midi. Il régnait une certaine effervescence dans les bureaux de la gendarmerie de Béziers. En voyant ses cheveux hirsutes et ses petits yeux, l'adjudant-chef s'inquiéta :

— Ça va, Amélie ?

— Pas trop, non.

— Qu'est-ce qui se passe ?

— Rien de grave, chef. Une bonne cuite, ça passera.

Il afficha une moue incrédule.

— Une cuite ? Vous, la sportive, qui ne buvez jamais d'alcool…

— Personne n'est parfait.

Elle n'allait pas lui parler de sa crise de la quarantaine, de son désir d'enfant, de sa rupture compliquée avec son ex de Paris ni des trois ans qu'elle avait passés à s'en remettre. La nuit précédente, après avoir été évincée par Roustan, elle avait erré sur la plage de Valras, bu à la limite de la nausée et s'était jetée sur le premier venu, un Hollandais dont elle n'avait même pas retenu le nom, trop compliqué.

— Solange Darrieussecq a essayé de vous joindre plusieurs fois, lui annonça son supérieur.

— Désolée, chef, j'avais éteint mon portable. Je la rappellerai tout à l'heure.

— Dites-lui de rappliquer aussi vite que possible.

— Qu'est-ce qui se passe ?

Il la prit par le bras et la conduisit jusqu'à la salle des rapports. Des gendarmes allaient et venaient. Ils avaient installé de grandes feuilles sur des panneaux muraux, tracé des lignes entre des photos. Partout, des noms, des numéros de téléphone, des adresses et des commentaires.

— Cinq affaires de disparitions survenues ces derniers jours dans la région. Au début, elles ont toutes été traitées séparément par différents corps de police et de gendarmerie. Des affaires a priori banales, chaque fois un homme, quadragénaire. On vient de décider de regrouper ces cinq affaires en une seule, car ces cinq types étaient tous élèves au lycée d'Agde, entre 1998 et 2000.

Gasquet lut les noms : Alain Jourdan, Nicolas Noguès, Hugues Salvan, François Vidal et Olivier Botella.

— Jourdan est le premier à avoir disparu, reprit l'adjudant-chef. Assureur à Florensac, il venait d'être licencié. Ensuite, il y a eu Noguès, devenu banquier à Paris. De retour dans la région avec sa femme et ses enfants pour rendre visite à ses parents, il a disparu alors qu'il logeait au camping de Sérignan-Plage.

— Un banquier dans un camping ?

— Oui. Comme quoi, les clichés… Puis il y a eu Salvan, un restaurateur de Valras-Plage. Vidal, un agent immobilier de Vias habitant Agde. Et maintenant Botella, un artisan de Pézenas.

Gasquet regarda deux photos de vidéosurveillance de mauvaise qualité. Sur chacune d'elles, on distinguait la même femme blonde en compagnie d'un homme différent.

— Qui est-ce ?

— Mystère. Cette femme est identifiée dans au moins trois des cinq cas. Sur cette série de photos prises par une caméra de l'allée Charles-de-Gaulle à Valras, on voit Salvan fermer son établissement et partir au bras de cette femme. Celle-là a été faite par une caméra de l'esplanade de Farinette, à Vias-Plage, toujours la même femme avec Vidal en train de marcher sur le sable en direction de la Tamarissière.

— Et le troisième cas ?

— Aucune image. Mais un témoin a vu Botella discuter avec une femme blonde, près de la grille principale du Cimetière Vieux de Pézenas. Le témoin a précisé qu'elle était habillée comme pour un enterrement, tout en noir avec un voile sur la tête. Nous lui avons présenté ces deux images, mais il n'a pas été en mesure de la reconnaître formellement. En revanche, il nous a dit que sa stature athlétique pouvait correspondre.

— Et ces autres photos ? demanda Gasquet en pointant une série de portraits alignés en haut du tableau.

— D'autres lycéens de la même promo. Nous essayons de les contacter les uns après les autres, mais ça prend du temps.

Les yeux de Gasquet s'arrêtèrent sur un nom : Arnaud Valadié. Elle pâlit et quitta précipitamment la salle des rapports.

42

Darrieussecq avait passé la fin de l'après-midi à tenter de retrouver la trace d'Arnaud Valadié. L'homme était une anguille, comme son père. Pas de domicile fixe, une adresse postale qui n'était qu'une boîte aux lettres, plusieurs numéros de téléphone, un passé judiciaire de petit délinquant et aucun lien avec l'empire du Toulousain, qui avait toujours considéré le fils de Serge comme instable et l'avait tenu à l'écart de leurs affaires.

La gendarme avait laissé des messages sur plusieurs des boîtes vocales d'Arnaud Valadié et, à sa grande surprise, il la rappela dans la soirée. Il avait l'air stressé.

— Vous êtes de la police ?

— De la gendarmerie. Il faut que je vous voie.

Darrieussecq lui expliqua la situation, sans entrer dans les détails.

— D'accord, je vais tout vous raconter, mais pas par téléphone. Venez me voir. Mais vite ! Je crois qu'on me surveille.

— Qui vous surveille ?

— Je ne sais pas. À plusieurs reprises, j'ai surpris une femme blonde qui m'observait. Je crois que c'est elle.

— Qui ça, elle ?

— Alexia Lafargue. Ou quelqu'un qui se fait passer pour elle. Parce que, Alexia, ce n'est pas possible. Elle est morte.

— C'est aussi ce que m'ont dit sa mère adoptive et sa vraie mère, mais aucun corps n'a jamais été retrouvé. Vous seul savez ce qui s'est passé cette nuit de l'été 2000, vous devez absolument me le dire. Arnaud, qu'est-ce qui s'est passé dans ce train ?

— Pas par téléphone, je vous ai dit. Venez !

— Où êtes-vous ?

— Sur la péniche de mon père. Elle est amarrée près du pont-canal. Mais faites vite ! Je ne suis pas armé et je crains pour ma vie. Je ne suis pas parano, c'est sérieux. À cause du paquet…

— Quel paquet ?

— J'ai reçu un colis, ce matin par la Poste. François Vidal a reçu le même, il m'a averti par texto le jour de sa disparition.

— Qu'y avait-il dans ce paquet ?

— Une maquette miniature de wagon-restaurant, une réplique exacte de celui dans lequel Alexia est montée ce soir-là.

Darrieussecq dit à Arnaud Valadié de ne surtout pas bouger. Elle était sur la route entre Montpellier et Béziers, elle arrivait aussi vite que possible. Elle raccrocha. En chemin, elle téléphona une nouvelle fois à Gasquet, mais tomba encore sur sa messagerie. Elle appela Roustan. Le flic du SRPJ venait d'arriver au bureau, il allait l'appeler.

— Comment s'est passée votre rencontre avec Bernadette Lafargue ? demanda-t-il.

— Je vous raconterai plus tard. Il y a plus urgent.

Elle lui résuma ses découvertes, lui parla de son entretien téléphonique avec Arnaud Valadié.

— Surtout, ne bougez pas. J'arrive. N'essayez pas de tenter quoi que ce soit avant l'arrivée des renforts.

Darrieussecq promit en sachant qu'elle mentait. Elle n'avait pas le choix, une vie était en jeu.

Entre le centre commercial du Polygone et la gare de Béziers, Darrieussecq bifurqua vers le sud. Elle longea la rue Lieutenant-Pasquet, passa devant les locaux du service pénitentiaire et franchit le pont d'Occitanie. Elle gara sa voiture en bordure d'un rond-point et grimpa sur un talus herbeux pour rejoindre le canal du Midi.

La nuit était tombée, l'endroit était désert. La péniche de Serge Valadié était amarrée à quai sans aucun signe de vie. Les cigales s'étaient tues, quelques canards glissaient en silence sur les eaux noires.

Darrieussecq s'approcha de la péniche. On n'entendait que le sifflement de la brise dans les rangées d'arbres plantées pour stabiliser la berge. La gendarme avança un pied sur la passerelle.

— Monsieur Valadié, vous êtes là ?

Aucune réponse.

Elle monta à bord et poussa la porte d'accès au lieu de vie, elle n'était pas verrouillée. Darrieussecq alluma sa lampe de poche. À l'intérieur, un lit défait, deux coupes de champagne vides, une bouteille renversée, un emballage de préservatif sur le sol et une légère odeur de rance.

Il y eut un petit craquement dans le coin cuisine, elle sursauta. Par réflexe, elle dégaina son arme et la braqua en même temps que le faisceau de sa lampe torche vers l'origine du bruit. Au sol, quelques miettes et un quignon de pain, une souris. La lumière fit fuir l'animal sous un placard.

43

Sous le coup de la surprise, Darrieussecq faillit tirer. Par chance, son index n'était pas posé sur la détente. Elle sentit une vibration dans sa poche arrière. Elle jura, sortit son téléphone et regarda l'écran. C'était le numéro d'Arnaud Valadié.

— Où êtes-vous ?

— Vers les écluses ! Elle me suit !

La voix était paniquée.

— Je vous avais dit de ne pas bouger.

— Je n'avais pas le choix ! Je…

Il y eut un grésillement, un cri, puis plus rien.

— Arnaud ! Arnaud, vous êtes là ?

Darrieussecq jura une nouvelle fois, rangea son portable et son arme, et se précipita hors de la péniche. Elle courut dans l'obscurité, le long du canal du Midi. Plusieurs centaines de mètres la séparaient des écluses de Fonseranes. Le chemin lui parut interminable. Les graviers crissaient sous ses souliers, elle glissait dans des flaques de boue, manqua buter sur une racine, se rattrapa de justesse. Elle avait le souffle court, ce genre d'exercice n'était plus de son âge. Pourquoi Arnaud

Valadié ne l'avait-il pas écoutée ? Pourquoi s'était-il enfui ?

Au bout du chemin, une petite passerelle traversait le canal. Elle l'emprunta et se retrouva sur un grand îlot triangulaire. D'un côté, la cascade des huit bassins contigus du XVIIe, avec ses neuf portes. De l'autre, la pente d'eau construite en 1984, jamais vraiment utilisée par manque de budget. Le grand ascenseur métallique était à l'abandon, comme une grosse verrue bleue posée sur un monument historique.

À l'approche des bassins, Darrieussecq ralentit. Elle s'arrêta pour souffler, son pouls cognait dur, les muscles et les articulations de ses jambes lui faisaient mal. Appuyée avec ses deux mains sur les genoux, elle fit un effort pour contenir sa respiration et écouter. Elle n'entendait que le bruit de l'eau qui s'écoulait dans les bassins, entre les interstices des portes étanches. Plus de vingt et un mètres de dénivelé séparaient la première écluse de la dernière, des escaliers permettaient de monter de part et d'autre.

Elle grimpa les marches et s'arrêta vers la maison des éclusiers. L'éclat de la lune se reflétait dans le troisième bassin. Dans la nuit, l'immeuble en rénovation était sinistre, recouvert d'échafaudages et de bâches, les portes et fenêtres avaient été retirées le temps des travaux.

Darrieussecq entendit des bruits de pas à l'intérieur. Elle dégaina son arme et attendit, immobile. Les bruits de pas s'intensifièrent, quelqu'un approchait. Elle braqua nerveusement le canon de son pistolet vers l'ouverture. Une silhouette apparut dans l'encadrement de la porte. Elle cria :

— Police ! Ne bougez pas !

La silhouette s'immobilisa.

— Avancez lentement vers moi, bras en l'air !

La silhouette fit quelques pas, la clarté de la lune dévoila son visage.

— C'est moi, Solange. Déconne pas !

— Putain, Amélie ! Mais qu'est-ce que tu fous là ! Pourquoi tu ne réponds pas à mes appels depuis ce matin ?

— La batterie de mon portable est HS.

— Mais pourquoi es-tu ici ?

— Coup de fil anonyme. Une voix m'a dit que je trouverais Arnaud Valadié ici.

— Tu es au courant pour Arnaud Valadié ?

— L'adjudant-chef m'a expliqué.

Darrieussecq hésita, quelque chose ne collait pas dans le récit de Gasquet.

— Attends Amélie, quel coup de fil ? Quand ?

— Tout à l'heure.

— Mais ton portable était HS.

— J'ai retrouvé un chargeur.

— J'ai encore essayé de te joindre il y a moins d'une heure. Pourquoi ne m'as-tu pas rappelée ?

— Fais pas chier, Solange ! C'est quoi, toutes ces questions ? Et d'abord, qu'est-ce que tu fais là, toi ?

Le ton était méfiant de part et d'autre, Darrieussecq n'avait baissé qu'à moitié son arme, elle tremblait. Elle regarda les mains de Gasquet, sa jeune collègue tenait un objet dans chaque main, son pistolet dans la main droite et une perruque blonde dans la main gauche. Darrieussecq balbutia :

— C'est quoi, ça ?

— Je l'ai trouvée à l'intérieur.

— Sans lampe de poche ?

La tension monta d'un cran, Gasquet comprit que sa collègue la soupçonnait. Elle aurait voulu se défendre, expliquer qu'elle venait de trouver la perruque dans la maison des éclusiers, qu'elle n'avait pas besoin de lumière, que c'était la pleine lune, et, brusquement, elle se rendit compte que Darrieussecq n'avait pas répondu à sa question. Que faisait-elle ici ? Gasquet leva son arme et visa sa collègue.

— Lâche ton arme, Solange !

Darrieussecq leva son pistolet d'un geste brusque, deux coups de feu retentirent dans la nuit.

La pierre vint tout droit
là où il fallait

44

Gasquet pleurait dans les bras de Roustan lorsque les cloches de la tour de Saint-Thibéry sonnèrent le glas, à vingt-deux heures tapantes. Tous les gendarmes s'engouffraient déjà dans l'abbatiale. Gasquet se sentait perdue. Elle ne savait pas si elle voulait entrer dans l'église ou fuir le plus loin possible.

Lorsqu'elle l'avait vue arriver place Saint-Sauveur, Marie, la compagne de Darrieussecq avait hurlé : « Assassin ! Meurtrière ! Comment oses-tu venir ici ! », et elle avait pris à partie la foule en uniforme : « C'est parce qu'elle est flic, c'est ça ? C'est parce qu'elle est des vôtres que vous ne la mettez pas en taule ? » Il y avait eu un moment de flottement. Certains avaient essayé de la raisonner. C'était un accident, expliquaient-ils. Un des gendarmes avait même confié à Marie que le sous-officier Gasquet encourait une double procédure, pénale et disciplinaire. Mais rien n'y faisait, la veuve de Darrieussecq continuait de montrer Gasquet du doigt.

C'est à ce moment précis que Roustan décida de faire l'impasse sur la cérémonie. Il enveloppa Gasquet d'un bras protecteur et l'entraîna discrètement dans les ruelles de Saint-Thibéry.

Le village était construit près du mont Ramus, un ancien volcan. Ils montèrent sur l'oppidum, soutenu par une ancienne coulée de lave qui formait de magnifiques orgues basaltiques. Gasquet n'avait pas le cœur à regarder le panorama.

— C'est moi qui aurais dû mourir, dit-elle.

— Arrête tes conneries, répondit Roustan. Personne n'aurait dû mourir. C'était un accident et tu devras apprendre à vivre avec.

— Tout ça à cause d'une perruque et d'une batterie de portable. Si nous avions pu seulement nous parler dans la journée, rien ne serait arrivé.

— Écoute, Gasquet, le monde fonctionne ainsi depuis toujours et ce n'est pas nous qui allons le changer : il suffit d'un détail insignifiant pour que tout bascule dans l'horreur. Le battement d'ailes d'un papillon au Brésil peut provoquer une tornade au Texas. Parfois, c'est une perruque. Je viens d'apprendre que l'ADN retrouvé sur le postiche est celui d'Alexia Lafargue. Ou de Maeva Tolzan si tu préfères. Nous avons pu le comparer à l'ADN prélevé sur la brosse à dents d'Alexia après sa disparition. Donc, elle est en vie.

Gasquet fondit en larmes. Elle avait suspecté Darrieussecq lorsqu'elle l'avait retrouvée aux écluses. Elle s'était fait un film : l'ancienne élève gendarme frustrée de ne pas avoir retrouvé la petite Maeva qui se muait en justicière. Sauf que l'hypothèse était fausse. La petite

Maeva Tolzan était devenue Alexia Lafargue, elle était vivante et se vengeait. Les questions fusaient maintenant dans l'esprit de Gasquet : Qu'est-ce qu'Arnaud Valadié et ses camarades de lycée lui ont fait durant l'été 2000 ? Qui est-elle aujourd'hui ?

Elle fut tirée de ses pensées en entendant des cris qui se transformaient en hurlements et venaient du village en contrebas.

— Qu'est-ce que c'est ? demanda-t-elle.

— Allons voir, dit Roustan.

Ils descendirent de l'oppidum, repassèrent devant les orgues basaltiques en courant jusqu'à l'abbatiale. Plus ils se rapprochaient, plus les cris s'intensifiaient. Quand ils arrivèrent sur la place Saint-Sauveur, des gendarmes en uniforme d'apparat et des civils sortaient de l'église. Des femmes pleuraient, l'air choqué. Un homme vomissait. Au pied de la tour, des policiers téléphonaient. Roustan entendit un de ses collègues réclamer des secours. « Six ambulances, six ! » Roustan pensa à un attentat. Il agrippa un gendarme et lui posa la question.

— Allez donc voir à l'intérieur ! répondit bizarrement le maréchal des logis, avant d'être emporté par la foule qui refluait.

Roustan et Gasquet entrèrent dans l'abbatiale. Dans le chœur, le père Barthès faisait des signes de croix, horrifié. Six hommes se tenaient devant lui, complètement nus. Ils avaient laissé des traînées de sang sur le sol. Le premier était à genoux, les bras en croix comme pour implorer le Seigneur.

Roustan et Gasquet se précipitèrent vers le père Barthès en contournant les six hommes. Le spectacle était à la hauteur des hurlements hystériques, des pleurs et du vomissement. L'homme à genoux n'avait qu'un œil valide, l'autre œil était une plaie béante. Son nez avait été tranché à la base du visage. Et son torse, comme celui de Serge Valadié, affichait le mot HERESIX gravé à vif dans la chair.

Les cinq autres étaient debout et ne bougeaient pas. Ils ne voyaient plus rien, n'avaient plus d'yeux ni de nez. Leurs visages ressemblaient à ceux des morts. Ils portaient la marque de l'infamie sur le torse.

Ils étaient six et le message en lettres de sang apparut soudain comme une évidence aux yeux de Gasquet. Alexia voulait peut-être donner une autre signification à son message. En deux mots au lieu d'un seul.

HERE SIX.

Ici, ils sont six, comme le chiffre du Diable, le chiffre de la Bête, le chiffre du Mal. L'opposé maléfique de la Sainte Trinité.

45

Gasquet et Bernadette Lafargue attendaient Roustan à l'unité de chirurgie du CHU de Montpellier. Derrière la vitre de la salle de réveil, Arnaud Valadié était couché sur son lit d'hôpital. Des tuyaux et des fils le reliaient à des machines qui surveillaient ses constantes vitales. Son seul œil valide clignait à peine. Des bandages recouvraient son nez, son œil crevé et son torse.

— L'histoire du siège de Bram par les croisés en 1210 était la préférée d'Alexia, continua l'enseignante.

— Vous la lui lisiez souvent? demanda Gasquet.

— Très souvent, répondit Lafargue. Giraud de Pépieux était un seigneur occitan. Il avait décidé de défendre les cathares contre la croisade. Lorsqu'il fit prisonniers deux chevaliers croisés de la garnison du château de Puisserguier, il leur creva les yeux avant de les renvoyer aux leurs. En représailles, Simon de Montfort fit subir le même sort aux défenseurs de la petite ville de Bram. Il ordonna que tous les hommes soient énucléés et leur fit trancher le nez avant de les relâcher dans la nature. Un seul fut seulement éborgné, pour servir de guide à ses compagnons d'infortune.

— Pourquoi Alexia a-t-elle réservé le sort du borgne au fils Valadié et non aux cinq autres ?

— Peut-être en souvenir des sentiments qu'elle avait pour lui. Elle en était follement amoureuse, comme on l'est à dix-huit ans.

— J'imagine que si votre fille a voulu se venger de ces hommes, elle aura fait en sorte qu'ils la reconnaissent.

— C'est vraisemblable. Si Arnaud avait accepté de nous parler, à mon mari et à moi, plutôt que de demander une injonction d'éloignement au tribunal, peut-être que tout cela ne serait pas arrivé. C'est vous qui allez l'interroger à son réveil ?

— Non, répondit Gasquet. Officiellement, je suis suspendue de mes fonctions. Le capitaine Roustan va mener l'interrogatoire. Mais il a tenu à ce que je sois présente.

La gendarme regarda sa montre.

— Il ne devrait pas tarder. Il est allé chercher Anne-Maude Rouve à Anduze.

— La mère d'Alexia ?

— La mère de Maeva, corrigea Gasquet.

Lafargue eut l'air contrarié.

— Roustan a ses raisons, continua Gasquet. Il m'a simplement dit qu'il tenait à ce que vous soyez toutes les deux présentes pour l'interrogatoire du fils Valadié. Je n'en sais pas plus.

Un médecin les salua et entra dans la salle de réveil. Il examina le patient, éclaira sa pupille valide au moyen d'une petite lampe de poche et lui posa des questions, en articulant chaque mot. Les réactions du blessé étaient faibles, mais ses lèvres remuaient. Il entendait et répondait. Quand le médecin ressortit, il annonça à Gasquet :

— Il veut vous parler.

— À moi ?

— Oui. Il vous a désignée à travers la vitre.

La gendarme était surprise, Valadié ne la connaissait pas. Elle hésita et appela Roustan. Le flic du SRPJ était pris dans les bouchons, il allait arriver, lui dit de commencer sans lui. Gasquet lui rappela qu'elle était officiellement suspendue, mais il prenait sur lui la responsabilité de cette décision.

Arnaud Valadié la salua d'une petite voix.

— C'est vous que j'ai eue au téléphone l'autre jour ?

— Non, c'est ma collègue.

— Elle est arrivée trop tard, murmura-t-il sans animosité.

— Elle est morte.

— Alexia a tué une flic ?

Gasquet éluda la question.

— Vous avez vu Alexia ?

— Comme je vous vois. Elle a tenu à ce que je la regarde dans les yeux, avant de m'en arracher un.

— À quoi ressemble-t-elle aujourd'hui ?

— Elle a changé, beaucoup changé. Elle portait un voile sur la tête. Je n'oublierai jamais son regard glacial et son visage dur comme le roc. Elle n'a manifesté aucun sentiment au moment où elle m'a mutilé. La seule phrase qu'elle a prononcée en souriant, c'était : « Ne t'inquiète pas, papillon ! » C'est comme ça que je l'appelais.

Il lui raconta toute l'histoire, sans omettre le moindre détail. Le train de son père spécialement affecté à des soirées échangistes, les préparatifs avec les cinq autres, le viol collectif, le suicide d'Alexia.

— Elle se la jouait tellement au lycée, si sûre d'elle avec les garçons. Elle les jetait comme des kleenex. Pour elle, nous n'étions qu'un amusement passager. Quand j'ai dit à mon père que je sortais avec elle, il m'a mis en garde. Il était ivre et m'a dit qu'il avait couché avec elle. Il rigolait et se moquait de moi. Je ne l'ai pas cru, il s'est énervé et il m'a raconté l'histoire de la petite Maeva Tolzan. Quand je lui ai dit que je pourrais le dénoncer à la police, il m'a cogné. Si je parlais, il me tuerait. Il n'avait pas peur de la prison, le procureur était un ami qui avait déjà fait disparaître toutes les preuves de 1985. Mon père m'a monté la tête, il m'a dit qu'Alexia n'était qu'une petite pute, qu'il fallait la dompter, sinon elle me jetterait aux oubliettes, comme les autres. J'ai ressassé cette histoire pendant des jours. J'ai imaginé tous les complots de la terre, qu'elle ne sortait avec moi que pour atteindre mon père et se venger. Alexia m'avait menti sur son passé…

— Peut-être qu'elle ne s'en souvenait pas, tout simplement.

— C'est ce que j'ai compris après, quand je lui ai dit que je savais tout.

— Et les autres, pourquoi ont-ils accepté de participer à cette horreur ?

— Alexia les avait tous jetés, elle s'était moquée

d'eux. Je leur ai proposé de prendre leur revanche. Mais je leur ai menti. Je leur ai dit que le viol collectif était un fantasme d'Alexia, qu'elle était comme ça, un peu tordue, et qu'elle avait déjà tourné dans des films X.

— Pourquoi n'avez-vous pas tiré le signal d'alarme lorsqu'elle s'est jetée du compartiment ? Pourquoi n'avoir rien dit à la police ?

— J'ai tout de suite appelé mon père et je lui ai tout raconté. J'étais paniqué. Il m'a conseillé de ne rien faire et de dire aux autres de se taire. Je n'ai eu aucune difficulté à les convaincre. Nous étions tous complices.

46

Depuis son lit, Arnaud aurait pu voir Bernadette Lafargue. La vitre qui séparait le couloir de la salle de réveil était aussi transparente qu'insonorisée. Il n'avait pas encore remarqué sa présence. Elle aurait tout donné pour entendre sa confession. Elle voyait ses lèvres bouger en silence, comme dans un aquarium.

Il y eut un bruit de pas dans le couloir, Lafargue se retourna. Elle reconnut tout de suite la mère naturelle d'Alexia. Les années l'avaient changée, elle portait une tenue de religieuse. Lafargue eut l'impression de connaître l'homme qui l'accompagnait.

— Voilà, vous savez tout, dit Valadié à Gasquet. Mes potes et moi, nous avons scellé un pacte du silence. Nous avons nettoyé le wagon de fond en comble avant le retour en gare de Béziers. J'ai brûlé les draps du lit et les habits d'Alexia, j'ai détruit son portable. Les jours qui ont suivi, j'ai lu tous les journaux de la région, mais aucun ne parlait d'un corps retrouvé le long d'une voie ferrée. Les parents d'Alexia ont remué ciel et terre pour retrouver leur fille et je me suis débarrassé des Lafargue en demandant une injonction d'éloignement au tribunal. L'affaire était réglée.

— Sauf qu'Alexia a raté son suicide, conclut Gasquet.

— La semaine dernière, elle nous a enlevés tous les six. Elle nous a séquestrés dans une petite maison vigneronne au milieu de nulle part, entre Bessan et Saint-Thibéry. C'est là qu'elle nous a mutilés. Elle nous a relâchés en nous indiquant où nous trouverions de l'aide.

— Dans l'abbatiale de Saint-Thibéry ?

— Elle nous a dit qu'il y aurait une messe, que le lieu serait bondé. Et elle nous a souhaité longue vie, en espérant que nous porterions le plus longtemps possible les stigmates de notre péché.

— Comment a-t-elle fait pour vous mutiler? Vous n'avez pas résisté ?

— Les cinq autres ont paniqué comme des cochons aux portes de l'abattoir. Elle les a tasés l'un après l'autre et opérés pendant qu'ils étaient inconscients. Moi, je ne me suis pas débattu, je l'ai regardée droit dans les yeux. J'espérais la déstabiliser, mais elle est restée impassible pendant que je gueulais ma souffrance. Elle m'a expliqué qu'elle me laissait un œil pour que je puisse guider les autres jusqu'à l'église. Je l'ai insultée, menacée, je lui ai dit que mon père la retrouverait, qu'il la baiserait une nouvelle fois et jusqu'à ce qu'elle en meure. Elle a éclaté de rire. J'ai compris qu'elle s'était déjà occupée de lui. Et elle a conclu en me disant qu'après moi elle achèverait son œuvre en apothéose, en s'occupant de son propre père.

— Le Toulousain ?

— Oui, l'associé de mon père. Si ça se trouve, Alexia est déjà en route pour Saint-Guilhem.

Il y eut des éclats de voix dans le couloir du CHU. Gasquet tourna la tête et vit quatre personnes derrière la vitre. Une moniale qu'elle ne connaissait pas, l'air complètement perdue. La professeure Lafargue s'était écartée de l'altercation. Roustan tentait de retenir une troisième femme en furie. Gasquet reconnut Marie. L'amie de Darrieussecq était ivre, elle titubait et vociférait. Ses cris lui parvenaient jusque dans la salle de réveil.

— Elle est où, cette conne ? Laissez-moi passer ! Mais putain, laissez-moi passer ! Je vais la buter !

Marie était hors d'elle, pire que la veille au soir sur la place de Saint-Thibéry. Elle ne se contenait plus. Gasquet comprit qu'elle l'avait suivie jusqu'à Montpellier pour en découdre. Elle hésita. Devait-elle sortir de la salle de réveil ou y rester ? Elle vit Roustan plaquer Marie contre la vitre et lui faire une clé de bras, puis l'éloigner, suivi des deux autres femmes.

En un instant, il n'y eut plus personne derrière la vitre. Les hurlements s'éloignaient dans le couloir. Gasquet se retourna vers Arnaud Valadié. Elle croisa son regard terrifié. Il s'agitait sur son lit, les bips des machines s'affolaient au rythme de son pouls qui s'emballait.

— C'est elle, dit-il. C'est Alexia !

47

Gasquet laissa Arnaud Valadié entre les mains des médecins. Son état se dégradait rapidement, il délirait. Dans le couloir, il n'y avait plus personne. Anne-Maude Rouve et Bernadette Lafargue avaient disparu. Gasquet chercha Roustan dans l'unité de chirurgie et gagna au pas de course la réception. Personne n'avait vu d'homme chauve emmener une femme hystérique.

— Ils sont peut-être sortis par-derrière, suggéra la réceptionniste.

La nuit tombait déjà sur Montpellier. Gasquet fit le tour des bâtiments du CHU en courant. Le site était vaste, le temps s'écoulait. Personne n'avait rien vu. La gendarme regagna sa voiture. Elle commençait à se sentir mal, la tête lui tournait. Elle eut un haut-le-cœur, s'appuya contre la carrosserie et vomit. Elle s'essuya la bouche et appela le SRPJ.

— Il faut que je parle de toute urgence au capitaine Dominique Roustan. Je n'arrive pas à le joindre sur son portable. L'avez-vous vu arriver dans vos locaux avec une personne interpellée ?

— Non. Mais attendez un instant.

Gasquet entendit la standardiste taper sur le clavier d'un ordinateur.

— Il n'a pas badgé récemment. Aucune mise en cellule à sa demande. Attendez, je regarde son agenda Outlook… Il a un rendez-vous privé à dix-huit heures trente.

— Arriveriez-vous à me dire où ?

— Techniquement, oui. Mais je ne sais pas si je suis autorisée à…

— C'est très important.

Nouveau bruit de clavier.

— Chez son médecin traitant. C'est tout ce qui est noté, je suis désolée.

— Ça me suffit. Je vous remercie.

Gasquet se dit que Roustan ne pourrait pas honorer son rendez-vous au vu des circonstances, elle décida néanmoins d'essayer. Elle se rappelait le nom du médecin qu'elle avait vu apparaître sur l'écran du portable de Roustan, quand ils déjeunaient à La Barque bleue. Dr Joëlle Bernat. Elle appela la centrale de la gendarmerie, demanda une recherche et un transfert d'appel.

— Cabinet Joëlle Bernat, que puis-je pour vous ?

— Bonsoir. Je m'appelle Amélie Gasquet, je suis de la gendarmerie de Béziers et je dois parler de toute urgence à M. Dominique Roustan. Est-ce qu'il est chez vous ?

— Nous sommes un cabinet médical, madame.

— Je sais. Et vous avez un patient du nom de Dominique Roustan, qui a rendez-vous avec le Dr Bernat à dix-huit heures trente. Il est impératif que je lui parle.

— Je ne suis pas autorisée à donner ce genre de renseignements.

— Je vous ai dit que j'étais de la gendarmerie.

— J'ai entendu, madame, mais qu'est-ce qui me prouve…

— Mais bordel de merde ! s'énerva Gasquet. C'est une question de vie ou de mort. Qu'est-ce que vous ne comprenez pas ? Je me fous de savoir si Dominique Roustan a un rendez-vous pour sa vasectomie ou pour autre chose. Tout ce que je vous demande, c'est de me le passer au téléphone.

Gasquet entendit la réceptionniste partir d'un rire léger.

— Qu'est-ce qu'il y a de drôle ?

— Pardon, c'est à cause de la vasectomie. Nous sommes un cabinet de gynécologie, madame.

Gasquet roulait à vive allure sur l'A750 en direction du lac de Salagou et de Saint-Guilhem-le-Désert. Ses idées étaient confuses, tout se mélangeait dans son esprit. Sans mandat d'un procureur, elle ne pourrait rien obtenir du cabinet Bernat. Secret médical. Elle avait appelé la centrale de la gendarmerie pour demander une nouvelle recherche dans les bases de données, aucun autre Dr Joëlle Bernat n'apparaissait dans les registres, ni dans l'Hérault ni ailleurs en France.

Il pouvait y avoir mille raisons pour qu'un flic de la PJ ait des contacts avec une gynécologue, mais pourquoi Roustan avait-il menti à La Barque bleue, en prétendant qu'il s'agissait de son médecin traitant ?

Gasquet appela tous les SRPJ où elle se souvenait que Roustan était passé, Nancy, Rennes, Annecy et Besançon. Chaque fois, on lui confirma la date de l'affectation de Dominique Roustan et ses différents grades. Enfin, elle appela la police suisse.

En traversant Gignac et Aniane, elle se perdit au téléphone dans le système fédéraliste helvétique. Après plusieurs renvois d'appels entre la police judiciaire fédérale et la police cantonale genevoise, elle aboutit enfin à la centrale de la police neuchâteloise. Devant son insistance, on lui passa l'officier de service.

— Commissaire Daniel Garcia, j'écoute.

— Amélie Gasquet, gendarmerie nationale de Béziers. Ma question va peut-être vous paraître saugrenue, mais on m'a dit que vous pourriez me renseigner. Je cherche des informations sur un policier français qui aurait fait l'école de police à Colombier au milieu des années 2000.

— Pour ça, il faut qu'il ait le passeport suisse.

— Il l'a, d'après ce qu'il m'a dit. Il a la double nationalité. Il aurait fait convertir son brevet de policier suisse pour pouvoir exercer en France.

— Son nom ?

— Dominique Roustan.

— Ah, je me rappelle, dit Garcia. Je donnais des cours aux aspirants à l'époque. Un très bon élément, volontaire et engagé, qui a su surmonter son handicap.

— Son handicap ? Vous parlez de son alopécie ?

— Entre autres. D'après son dossier, l'alopécie était la conséquence d'un accident qui avait failli lui coûter la vie. Une chute en montagne, si je me souviens bien. Il s’en est fallu de peu qu’elle ne remarche jamais.

— Elle ?

— Bien sûr, elle. Pourquoi cette question ? Si on parle de la même Dominique Roustan…

48

La silhouette furtive remontait le lit à sec du Verdus. Évitant la clarté de la lune, elle se fondait dans les ombres des cascades de mousse et les tunnels de pierre qui passaient sous les maisons moyenâgeuses. Quand elle arriva en amont de Saint-Guilhem-le-Désert, elle se tapit derrière un bosquet de laurier et observa le jardin de la luxueuse résidence.

Derrière la grande baie vitrée du salon, des formes bougeaient dans une lumière tamisée. On entendait de la musique. Le Toulousain fêtait à sa manière le rétablissement de son empire, après l'élimination de la menace montpelliéraine. Selon les écoutes téléphoniques et les micros, il avait invité du beau monde. Roustan s'en réjouissait, sa vengeance n'en serait que plus savoureuse.

Roustan avait recouvert son corps glabre et filiforme d'un collant noir intégral, d'une cagoule et de gants aux doigts découpés, pour plus de sensibilité au maniement des armes.

Les sentinelles étaient sa première préoccupation. Deux seulement, une sur la terrasse et l'autre à côté de la porte d'entrée. La trop grande confiance en soi du Toulousain était sa faiblesse. Il défendait son fief à l'ancienne. La technologie, les caméras, les lasers, les alarmes, très peu pour lui. Comme si sa meilleure protection était sa réputation, la crainte qu'il inspirait à ses ennemis.

Roustan se faufila dans le jardin, évitant les herbes sèches qui auraient pu révéler sa présence. Elle déposa en silence ses armes au pied d'un palmier, fit glisser le couteau de chasse hors de son fourreau et attendit. Des bruits de pas se rapprochaient. Le premier guetteur avait quitté la terrasse et marchait dans les graviers qui bordaient la maison. Il ne vit pas la main se poser sur sa bouche. La lame effilée lui trancha la gorge de part en part.

Roustan essuya le sang sur ses collants et rengaina le couteau. Elle ne pourrait pas neutraliser l'autre sentinelle par surprise, il faudrait l'affronter de face. Elle ramassa ses armes, passa les deux pistolets-mitrailleurs HK UMP en bandoulière dans son dos, de manière croisée, puis vissa un silencieux sur son automatique. Roustan fit le tour de la maison, se plaqua à l'angle du mur, jeta un coup d'œil discret. Le second guetteur s'allumait une cigarette vers la porte d'entrée. Elle n'hésita pas, se montra et marcha vers lui sans se précipiter. Quand l'homme entendit le bruit des pas à sa gauche, il tourna la tête et voulut réagir, il n'en eut pas le temps. Sa tête explosa et sa cervelle éclaboussa le sol derrière lui.

Le Toulousain était couché sur un canapé du salon, à la manière d'un empereur romain. Il était entièrement nu, une coupe de champagne dans une main, un cigare dans l'autre, sa queue dans la bouche d'une jeune fille qui ne devait être ni majeure ni francophone. Une Bulgare, une Ukrainienne ou quelque chose comme ça. Peu lui importait l'origine de la marchandise, du moment qu'elle était de qualité.

Autour de lui, ses convives s'affairaient. Tous les notables de l'Hérault. La paix sociale, il la payait en nature. De jeunes chattes et des culs bien fermes livrés à domicile, au bureau ou lors de soirées très particulières, comme celle-ci, à La Pairòla ou chez lui.

Les couples nus se formaient, se mélangeaient, se reformaient. Il y avait des trios – deux filles, un homme, deux hommes sur une fille –, des quatuors. Des hommes trempaient leur sexe dans un grand saladier de cocaïne. Les douces lumières violacées semblaient rythmer un concert de râles et de soupirs, sur fond de musique jazzy.

Roustan fit brusquement irruption dans le salon. Couteau et pistolet rangés dans sa ceinture de charge, elle avait ramené les deux HK UMP, crosses contre ses hanches, poignées dans ses mains, chaque index sur la détente.

Dans un vacarme assourdissant, un déluge de feu et de plomb s'abattit sur les convives. Les deux canons crachèrent des flammes jusqu'à devenir incandescents. Les douilles de 9 mm Parabellum s'éjectaient à la vitesse d'une compteuse de billets et rebondissaient sur le sol de marbre. Les corps nus tressautaient sous la pluie mortelle, se déchiquetaient et tombaient mollement. Sur les canapés, les taches de foutre disparaissaient sous des mares de sang.

Roustan ne fit aucune distinction entre le Bien et le Mal, entre victimes et bourreaux, entre filles de joie et pervers fortunés. Elle les passa tous par les armes. Tous sauf un. Le maître des lieux.

Quand les cris s'arrêtèrent en même temps que les dernières rafales et que le silence revint dans la maison, Raymond Tolzan était pétrifié sur son canapé. La fille était morte à ses pieds, comme tous les autres autour de lui. L'odeur du sang couvrait celle de la poudre.

— Qui es-tu ? demanda le Toulousain.

Roustan retira sa cagoule, ses yeux étaient injectés de colère. Ses lèvres remuèrent, tremblèrent. Elle finit par lâcher :

— Bonsoir, papa.

49

Le Toulousain dévisageait Roustan, sa peau glabre, ses traits durs, son corps filiforme et musculeux, ses hanches droites, son torse plat sous le collant. L'incrédulité se lisait dans ses yeux. Il cherchait dans ses souvenirs une femme qui aurait pu lui cacher une grossesse et finit par sourire de façon malsaine, dégagea d'un geste du pied le cadavre de la jeune prostituée qui entravait ses jambes et maugréa :

— Je n'ai jamais eu de fils.

— Ce n'est pas parce que je n'ai pas les fesses rebondies et de faux seins comme tes greluches que j'ai une paire de couilles. Après ce que ton copain Serge m'a fait subir quand j'avais trois ans, c'est normal que mon corps ait refusé de développer ses formes féminines. Tu m'as vendue à ce porc, tu t'en souviens ?

— Maeva ?

— Maeva est morte en 1985. Alexia est morte, elle aussi, durant l'été 2000. Aujourd'hui, tu peux m'appeler Dominique. Un prénom passe-partout, ni femme ni homme, juste celui d'une âme meurtrie en quête de réparation.

Raymond Tolzan cherchait dans les traits et les yeux de Roustan des souvenirs de sa fille, en vain. C'était si vieux tout ça. Il avait vaguement suivi à distance la procédure d'adoption, sans véritablement s'y intéresser. Lors de son divorce, il avait entendu dire que Maeva était devenue Alexia Lafargue, et l'information l'avait laissé de marbre. De toute façon, l'idée d'avoir un gosse était d'Anne-Maude, lui n'en avait jamais voulu. Libéré de ce poids, il avait fini par en oublier l'existence de Maeva, jusqu'à ce que Valadié lui raconte que son fils avait fait une grosse connerie.

— On m'a dit que tu t'étais suicidée en te jetant du train.

— Navrée de te décevoir. La nature a décidé que ce n'était pas mon heure. Mon corps a souffert, il en porte encore les stigmates. J'en ai bavé, mais je me suis reconstruit une santé et une vie, loin d'ici, à coups de faux papiers. Mais mon corps m'a rappelé qu'on ne trichait pas impunément avec sa personnalité. Il a développé cette maladie, plus handicapante pour une fille que pour un garçon. J'ai décidé d'en faire une alliée, en apprenant un métier qui me permettrait d'infiltrer et de comprendre ton organisation. Et quand l'aspirante suisse Dominique Roustan s'est sentie prête, elle a repassé la frontière pour devenir le lieutenant Dominique Roustan. Quelques « e » tracés sur un brevet de policier et d'autres documents, une simple formalité pour un expert en faux. Le reste n'a été que préparation et patience, il m'a juste fallu attendre la bonne mutation.

Le Toulousain mesurait l'ampleur de son aveuglement. Il regardait le carnage autour de lui, les corps de ces hommes et de ces femmes, de ces porcs et de ces esclaves sexuelles, se chevauchant dans la mort comme dans la vie, et il comprit que Michel Fourneyron et les Montpelliérains n'étaient pour rien dans l'incendie de Béziers.

— Tu aurais pu trier le bon grain de l'ivraie, dit-il en désignant la fille morte à ses pieds.

Roustan répondit froidement :

— Tuez-les tous, Dieu reconnaîtra les siens.

Dans le salon, il y avait un bar en acajou, avec de nombreuses bouteilles d'alcool sur une étagère. Le décor rappelait à Roustan ceux du train échangiste et de La Pairòla. Elle fit le tour du comptoir sans quitter des yeux l'unique survivant du massacre. Elle déposa les deux HK UMP et sortit le pistolet muni du silencieux, moins encombrant, plus léger. Ensuite, elle vida toutes les bouteilles d'alcool fort sur les corps, les meubles et les grands rideaux.

— Que dirais-tu d'un grand bûcher, mon petit papa ?

Sous la menace de l'arme, Tolzan ne bougea pas de son canapé. Il ne répondit pas.

— De toute façon, reprit Roustan, il n'y a que des hérétiques ici. Sais-tu qu'au Moyen Âge on déterrait même leurs dépouilles pour les brûler ? Maman… enfin mon autre maman… me racontait souvent ce genre d'histoires. Ça me fascinait, je ne sais pas pourquoi. J'imaginais les bûchers collectifs de l'Inquisition, les flammes qui sifflent et tourbillonnent dans la nuit, les cris, les corps attachés, contorsionnés, les cheveux embrasés, les yeux qui crèvent, la peau qui fond, les ventres libérés de leurs entrailles, les crânes fendus par la chaleur. Le tout sur fond de cris de joie des soldats. Jusqu'à ce que la fête se termine au cœur de la nuit, jusqu'à ce que ne restent que des chairs puantes et carbonisées sur un tas de cendres.

— Tu es malade, lâcha le Toulousain.

— Je suis ta fille, sourit Roustan en vidant une bouteille de gin sur le cadavre d'un vieil obèse. Le fruit n'est pas tombé loin de l'arbre.

Il y eut un grincement dans le dos de Roustan. Elle fit volte-face et, par réflexe de protection, mit un genou à terre, prête à tirer. Deux femmes se tenaient dans l'encadrement de la porte du salon. L'une d'elles porta ses mains à sa bouche en signe de consternation. L'autre demanda d'une voix effrayée :

— Qu'est-ce qui s'est passé ici ?

50

— Je vous avais pourtant dit d'attendre dans la voiture, leur dit Roustan.

— C'est ce que nous avons fait, répondit la moniale. Mais il y a eu ces coups de feu. Qu'est-ce qui s'est passé ? Qui sont ces gens ? C'est horrible. Où est Maeva ? Vous nous avez promis de nous conduire à elle.

Bernadette Lafargue remarqua le pistolet dans la main de Roustan, puis les deux HK UMP posés sur le comptoir.

— Qu'avez-vous fait ? demanda-t-elle. Où est Alexia ?

La réponse ne vint pas de Roustan, mais d'un homme nu éclaboussé de sang, assis sur un canapé.

— Elle est devant vous.

Bernadette Lafargue ne comprit pas tout de suite, elle fronça les sourcils. Elle ne reconnaissait pas cet homme adipeux et grisonnant, qu'elle n'avait pas remarqué tout de suite parmi la vingtaine de cadavres qui jonchaient le sol et les canapés de la grande pièce. Elle regarda autour d'elle, à la recherche de sa fille. Elle craignait déjà de voir le visage d'Alexia parmi les victimes. La phrase de l'homme fit gentiment son chemin dans son esprit. Elle regarda Roustan.

Pour la première fois, elle croisa le regard du policier. Il avait toujours trouvé un prétexte pour n'échanger avec elle que par téléphone ou par mail. Le juge d'instruction lui avait dit que Roustan n'était pas emballé à l'idée d'avoir une experte dans les pattes, qu'il n'avait pas le choix, qu'il finirait bien par collaborer. La première fois qu'elle avait vu le capitaine du SRPJ, c'était le jour même, dans le service de chirurgie du CHU. Mais ils n'avaient pas eu le temps de se parler, Marie était arrivée. Dans la voiture entre Montpellier et Saint-Guilhem-le-Désert, il avait fait monter sœur Anne-Maude à l'avant et elle avait dû s'asseoir sur la banquette arrière. Il faisait nuit et elle n'avait vu qu'un vague reflet de ses yeux dans le rétroviseur central.

Pour la première fois, Roustan se tenait face à elle. La phrase de l'homme résonnait à ses oreilles : « Elle est devant vous. » Les yeux de Bernadette Lafargue plongèrent dans ceux de Roustan, qui demeurait impassible. Derrière le masque glabre de cire, elle crut reconnaître les traits de sa fille.

— Alexia ?

Les lèvres de Bernadette Lafargue tremblaient.

— C'est moi, maman, lâcha froidement Roustan en abaissant son arme.

Bernadette Lafargue se mit à pleurer, immobile, les bras le long du corps. Tout en elle s'était mis à trembler, ses jambes menaçaient de fléchir.

À côté d'elle, Anne-Maude Rouve n'avait pas encore compris la situation. Elle regardait tour à tour Lafargue et Roustan, qui ne se quittaient plus des yeux. Puis elle regarda vaguement l'homme sur le canapé. L'éducation religieuse qu'elle avait reçue depuis plus de trente ans l'empêchait de voir sa nudité, comme celle de tous ces corps anonymes déchiquetés. La dernière fois qu'elle avait vu ce genre de tableau, c'était en 1985, dans la boîte de nuit du Cap-d'Agde. Sauf qu'à l'époque toute cette luxure était animée et la semence remplaçait le sang.

Roustan finit par détourner son regard de sa mère adoptive et s'adressa à la moniale.

— Maman, je ne te présente pas papa. J'imagine que tu le reconnais.

Interloquée, la sœur dévisagea le Toulousain et retira son voile. C'était bien lui, Raymond, son ex-mari. Tolzan la reconnut. Il y eut un instant d'hésitation, de confusion, Anne-Maude se tournait vers Roustan, elle commençait à comprendre sans comprendre et finit par articuler sans y croire :

— Maeva ?

La moniale s'étant glissée entre Roustan et le Toulousain, le truand se leva brusquement et courut vers une porte. Roustan comprit, trop tard. De sa main gauche, elle écarta sans ménagement Anne-Maude de son angle de tir et appuya sur la détente. Le bruit sourd fit l'effet d'un bouchon de champagne, la balle se perdit dans le bois d'une porte qui se refermait.

Roustan s'élança à la poursuite de son père, en bondissant par-dessus les cadavres. Quand elle ouvrit la porte, une autre se refermait.

La silhouette complètement nue du Toulousain s'éloignait en trottinant sur le petit chemin qui grimpait vers le château du Géant. Roustan aurait pu l'abattre, elle ne tira pas. Avec son surpoids et son âge, Tolzan n'avait aucune chance de la distancer. Il faisait nuit, Roustan voulait économiser ses munitions. Elle voulait surtout voir mourir son père, contempler la flamme qui s'éteindrait dans ses yeux. Elle choisit de l'affronter au couteau.

Le petit chemin serpentait au milieu de cultures arides en terrasses, dans la pente abrupte, puis il se perdait entre les broussailles. Roustan entendait le souffle court du gibier qui n'avait que peu d'avance sur elle, il était peut-être une vingtaine ou une trentaine de mètres plus haut.

Dans la vallée transversale en contrebas, les lumières de la rue principale de Saint-Guilhem-le-Désert dessinaient un S allongé dans l'obscurité. Le village s'étendait comme un long serpent jusqu'aux gorges de l'Hérault, avec, au centre, l'abbaye bénédictine de Gellone et le cloître éclairé.

Le terrain devenait difficilement praticable. Roustan se retrouva au pied de la petite falaise du pic rocheux qui supportait le château. Ses souliers glissaient sur la roche friable. Son père soufflait plus haut, elle l'entendait peiner et gémir. Elle devina des traces sombres sur le sol, se pencha et les toucha. Du sang. Son père avait dû s'écorcher la plante des pieds. L'hallali approchait. Roustan sentait l'odeur d'angoisse de sa proie.

Au-dessus d'elle, contre le pied de la falaise, il y avait une première ruine, un ancien poste de guet. Au moment où elle le passait, elle s'arrêta et regarda derrière elle. Une voix venait de crier son prénom. « Dominique ! » Elle reconnut Gasquet. La gendarme avait compris elle aussi, mais elle arrivait trop tard. Roustan ne se rendrait pas avant d'avoir achevé sa vengeance.

Au moment où elle reprenait sa traque, elle entendit un bruit, en amont sur sa gauche. Elle leva la tête et vit un oiseau s'envoler du poste de guet et disparaître dans la nuit. Une silhouette apparut au pied de la ruine. Le Toulousain brandissait des deux mains un gros rocher au-dessus de sa tête.

Il le projeta sur elle.

51

La pierre vint tout droit là où il fallait. Atteinte à la tête par le bloc de granit, Roustan chuta et roula dans la pente. Son corps s'arrêta sur une petite corniche en contrebas du sentier. Elle était étendue sur le dos, ses membres ne répondaient plus, la douleur l'irradiait de la nuque au bassin. Son crâne était comme pris dans un étau, ses oreilles bourdonnaient. Le goût et l'odeur du sang envahissaient sa bouche et ses narines. Elle n'arrivait presque plus à respirer. Sa vision était troublée, elle ne voyait plus que d'un œil. Après de longues secondes, elle devina la silhouette du Toulousain. Il était devant elle. Sa voix lui parvint, lointaine et déformée.

— Pauvre petite pute ! Qui es-tu pour te mesurer à moi ?

Le Toulousain chercha dans les herbes alentour, trouva une grosse pierre et la leva au-dessus de la tête de sa fille pour l'achever. Les lèvres de Roustan remuaient.

— La mort est peu de chose au regard de ce que tu m'as fait quand j'étais petite.

Il allait abattre la pierre quand un coup de feu résonna dans la montagne. Tolzan retint son geste et leva la tête. Quelques mètres au-dessus de lui, Gasquet le visait de son arme. Elle avait tiré un coup de semonce.

— Lâchez cette pierre !

Il regarda sa fille, le bloc de granit avait défoncé la moitié de son crâne, elle perdait du sang et de la matière cérébrale. Elle ne survivrait pas à ses blessures. Tolzan obtempéra et leva les mains.

— Mains derrière le dos ! ordonna Gasquet en sortant une paire de menottes.

Il obéit et se laissa entraver, en souriant.

— Qu'est-ce qui te fait rire, ordure ? demanda la gendarme.

— Je souris parce que vous n'êtes pas la première à m'arrêter et vous ne serez pas la dernière. Vous n'avez rien contre moi. C'est elle qui a tout fait. Je n'ai fait que me défendre. Mes avocats n'auront aucune difficulté à le prouver.

— Nous verrons, répondit Gasquet en serrant les menottes autour de ses poignets.

Bernadette Lafargue et Anne-Maude Rouve les avaient rejoints. Lafargue s'était agenouillée au côté d'Alexia et caressait la partie intacte du visage de sa fille. Elle pleurait.

Gasquet s'approcha et comprit qu'il n'y avait plus rien à faire pour sauver Roustan. La gendarme entendait Lafargue chuchoter. Elle parlait des cathares à sa fille, la dualité entre le Bien et le Mal, et la jeune femme sans cheveux lui souriait en glissant doucement vers le néant.

Avant de mourir, elle murmura une dernière phrase

à l'oreille de sa mère adoptive, puis rendit son dernier souffle.

Quand tout fut fini, Lafargue tâta une poche du collant noir de sa fille et en sortit un téléphone portable. Elle tendit l'appareil à Gasquet en lui en donnant le code PIN. La gendarme allait déverrouiller le téléphone quand il y eut un déclic derrière son dos. Elle se retourna.

— Vas-y ! cria Raymond à Anne-Maude. Qu'est-ce que tu attends ? Appuie sur la détente ! Je suis sûr que pour une fois ça te fera jouir.

La moniale dévoilée tenait le pistolet de Roustan des deux mains, le silencieux appuyé contre le front de son ex-mari. Elle avait trouvé l'arme au sol, en bordure du sentier, là où la pierre avait frappé sa fille.

— Ne faites pas ça, lui dit Gasquet. Je vous en supplie, ma sœur, réfléchissez. Qu'allez-vous y gagner ?

— La paix intérieure.

— Ce sera tout le contraire. La vengeance est un breuvage amer. Vous regretterez votre geste le restant de votre vie.

— Qu'importe le restant de ma vie, je n'ai plus de vie depuis que j'ai perdu Maeva. Ce porc m'a tout volé.

— Alors, laissez la justice faire son travail. Croyez-moi, la mort serait pour lui beaucoup plus douce que la prison. Il ne s'en tirera pas.

— Il s'en est toujours tiré.

— Pas cette fois, je vous le promets.

Anne-Maude Rouve descendit l'arme vers l'entrejambe du Toulousain, qui sentit le froid du métal sur ses testicules.

— Et les couilles ? demanda la moniale. J'ai le droit de lui tirer dans les couilles ?

— Non plus, répondit Gasquet en essayant de garder son calme. Soyez raisonnable, donnez-moi cette arme.

Dans la résidence du Toulousain, la police scientifique et les médecins légistes étaient déjà à l'œuvre. Les lieux étaient interdits à quiconque ne portait pas de tenue intégrale de protection anti-traces. Le cortège des corbillards avait déjà commencé entre Saint-Guilhem-le-Désert et la morgue du CHU de Montpellier. Sur ordre du procureur de la République, Raymond Tolzan serait déféré devant le juge d'instruction et placé en détention.

— Il s'en est fallu d'un cheveu qu'il finisse dans une prison pour femmes, dit Gasquet au directeur du SRPJ.

— Pourquoi n'a-t-elle pas tiré ?

— Les voies du Seigneur sont impénétrables.

Par la baie vitrée de la terrasse, le procureur regardait l'intérieur du salon.

— Décidément, dit-il, il y a du beau monde, là-dedans. Je vois même mon prédécesseur.

— Je comprends mieux, dit Gasquet, pourquoi il a ordonné l'effacement des traces génétiques de 1985 et caché l'existence du train spécial de 2000. Vous pensez qu'on va pouvoir coincer le Toulousain pour autre chose que corruption et proxénétisme ?

La gendarme montra au procureur le fichier vidéo retrouvé dans le portable de Roustan. La séance de torture et l'assassinat de Michel Fourneyron étaient filmés de A à Z.

— Cette fois, c'est la perpétuité pour cette ordure ! s'exclama le représentant du Parquet avec un large sourire.

Épilogue

Montpellier vivait le dernier jour d'un bel automne. La place de la Comédie était noire de monde. Pour plus de discrétion, le directeur du SRPJ avait choisi une table écartée en terrasse. Amélie Gasquet le rejoignit au moment où il allumait sa troisième cigarette. L'habit civil lui allait aussi bien que l'uniforme. Ils se saluèrent, elle prit place en face de lui, commanda un thé. Il lui avait proposé de venir au bureau, mais elle préférait un terrain neutre.

— J'ai appris que vous avez démissionné de la gendarmerie, dit-il. C'est dommage.

— Il ne pouvait en être autrement.

La procédure pénale était toujours ouverte contre Gasquet. La procédure disciplinaire avait été suspendue dans l'attente des résultats du pénal, puis classée le lendemain de sa démission.

— Vous serez peut-être acquittée pour erreur de fait, dit-il. J'ai lu le dossier, l'erreur est plaidable. Ou alors vous aurez une petite condamnation pour excès dans la légitime défense, homicide involontaire ou quelque chose comme ça. Dans tous les cas, il n'était pas nécessaire que vous démissionniez.

— Je sais tout ça. Mon avocat me l'a expliqué. Je n'ai pas démissionné à cause de ces procédures, je l'ai fait parce que je ne pouvais plus porter l'uniforme après la mort de Solange. Ça aurait été un affront à sa mémoire. Je ne suis plus faite pour ce métier.

— Détrompez-vous, Amélie. Ce n'est pas votre métier qui a provoqué la mort de votre collègue, c'est cette affaire. N'importe qui dans votre situation aurait tiré cette nuit-là.

Gasquet lui sourit tristement.

— C'est gentil de votre part, mais je ne crois pas. Ce soir-là, je n'avais pas toute ma lucidité. Je me remettais d'une cuite, je n'avais pas dormi la nuit d'avant, ni la précédente. Pratiquement deux nuits blanches d'affilée. Tout ça parce que mes hormones fourmillaient pour… une fille. Une fille qui s'est fait passer pour un mec, un mec qui m'a fait croire qu'il avait choisi la vasectomie pour ne plus avoir d'enfants, alors qu'elle venait de subir une ovariectomie à la suite d'un cancer.

— Étonnant, ce Dominique Roustan, répondit pensivement le directeur du SRPJ.

— Cette…

— Oui, pardon. *Cette* Dominique Roustan. Encore aujourd'hui, je n'arrive pas à m'y faire. Personne n'a rien vu. Les Suisses sur son identité fabriquée de toutes pièces, les Français sur son changement administratif de sexe. Maintenant qu'on connaît la vérité, les langues se délient. Les collègues se demandaient pourquoi Roustan trouvait toujours un prétexte pour ne pas les accompagner au sport. À l'époque, ils se disaient que ce n'était pas son truc. Mais à la réflexion, la douche collective aurait posé un problème.

Il but une gorgée de café et alluma une autre cigarette avant de continuer.

— J'ai retrouvé des photos de Maeva Tolzan et d'Alexia Lafargue. La transformation est impressionnante. L'alopécie y est certes pour quelque chose, mais il y a un détail qui ne change pas, même avec l'âge : les yeux, le regard. Le témoignage de Bernadette Lafargue à ce sujet est poignant.

— C'est ce même regard qu'Arnaud Valadié a reconnu, dit Gasquet. La perruque blonde, les faux cils et les sourcils maquillés ne l'ont pas trompé.

— À propos de Valadié, rebondit le directeur du SRPJ, avez-vous appris pour le Toulousain ?

— Oui. On m'a dit qu'on l'a retrouvé mort dans sa cellule, mais je ne sais rien des circonstances. Suicide ?

Il fit la moue.

— Je n'ai jamais vu quelqu'un se suicider en se tranchant la bite et les couilles, puis en se les enfonçant dans la gorge.

— Qui a fait ça, selon vous ?

— Une petite frappe du gang des Montpelliérains. Le juste prix pour l'assassinat de Michel Fourneyron.

Gasquet retira le sachet de thé de sa tasse.

— J'imagine que vous ne m'avez pas demandé de venir ici pour me reparler de toute cette affaire…

Il lui sourit.

— Non, effectivement. J'ai un poste à vous proposer.

— Où ça ?

— Au SRPJ de Montpellier. Nous avons besoin d'éléments comme vous.

— Vous vous trompez sur mon compte.

— Je ne crois pas.

— La réponse est non, trancha Gasquet.

— Peut-être pourriez-vous y réfléchir ? Il n'y a pas d'urgence à me donner une réponse.

Elle s'enfonça sur sa chaise et posa sa main droite sur son ventre.

— Je suis désolée, dit-elle. Mais désormais, une nouvelle vie m'attend.

Il comprit et la félicita.

— Vous transmettrez également mes félicitations à l'heureux papa.

— Vous êtes libre de me juger, monsieur le commissaire, mais je ne le connais pas. Non pas qu'il y ait plusieurs pères potentiels, mais il n'est pas d'ici, nous ne parlons pas la même langue. Je ne sais même pas comment le joindre.

— Il ne sait pas qu'il va être père ?

— C'est mieux pour lui. Et je n'ai pas l'intention d'apprendre le hollandais à mon enfant.

Gasquet s'était dit qu'après son café avec le directeur du SRPJ elle ferait un tour dans la zone commerciale avant de rentrer à Béziers. Elle avait une chambre d'enfant à meubler, elle en connaissait déjà la couleur. L'échographie venait d'annoncer une petite fille.

Gasquet avait déjà choisi le prénom : Solange. Elle se garderait de le dire au psychiatre qui la suivait depuis le drame des écluses, elle connaissait déjà sa réponse : « Ce n'est pas une bonne idée. » Mais c'était comme ça. C'était son choix. Solange ferait à jamais partie de son passé et de sa nouvelle vie.

Souriante, Gasquet traversa l'avenue Jacques-Cartier pour regagner sa voiture. Perdue dans ses pensées, elle ne vit pas le conducteur griller le feu rouge. Le choc fut violent, elle fut tuée sur le coup.

Derrière le volant, Marie pleurait.

Du même auteur :

Horrora Borealis, Le Livre de Poche, 2018

Série du procureur Jemsen :

Le Miroir des âmes, Slatkine & Cie, 2018 ; Le Livre de Poche, 2019
L'Ombre du Renard, Slatkine & Cie, 2019 ; Le Livre de Poche, 2020
L'Engrenage du mal, Slatkine & Cie, 2020 ; Le Livre de Poche, 2021

Restez chez vous, Slatkine & Cie, 2020
Le Calendrier de l'après, Slatkine & Cie, 2020
Brume rouge, Slatkine & Cie, 2022

PAPIER À BASE DE FIBRES CERTIFIÉES

Le Livre de Poche s'engage pour l'environnement en réduisant l'empreinte carbone de ses livres. Celle de cet exemplaire est de :
350 g éq. CO_2
Rendez-vous sur www.livredepoche-durable.fr

Composition réalisée par Soft Office

Achevé d'imprimer en novembre 2023 en Espagne par
Liberdúplex - 08791 Sant Llorenç d'Hortons
Dépôt légal 1re publication : avril 2022
Édition 03 – novembre 2023
LIBRAIRIE GÉNÉRALE FRANÇAISE
21, rue du Montparnasse – 75298 Paris Cedex 06

79/3866/9